위대한 항해 13

2024년 4월 18일 초판 1쇄 인쇄
2024년 4월 23일 초판 1쇄 발행

지은이 이윤규
발행인 김관영

기획 박경무 강민구 임동관 조익현 최시준 신정윤
책임편집 최전경
마케팅지원 유형일 장민정

발행처 (주)로크미디어
출판등록 2003년 3월 24일
주소 서울시 마포구 마포대로 45 일진빌딩 6층
Tel (02)3273-5135 **Fax** (02)3273-5134
홈페이지 rokmedia.com **E-mail** rokmedia@empas.com

값 9,000원

ISBN 979-11-408-2127-3 (13권)
ISBN 979-11-408-1029-1 04810 (세트)

위대한 항해

이윤규 대체역사 소설 ⟨13⟩

✵ 최초의 비행

CONTENTS

1장

연합함대는 서진했다.

그러고는 제주도를 원거리에서 끼고 돌면서 전속으로 북상했다.

일본 연합함대는 남해로 가로질러도 되었다. 그러나 대한제국을 자극하지 않기 위해 일부러 제주도를 돌아가는 항로를 택한 것이다.

일본의 연합함대는 4천 톤급 방호순양함 마쓰시마[松島]가 기함이다. 그런 기함을 포함해 방호순양함 7척과 장갑순양함 1척, 코르벳 1척, 보조 순양함 2척, 그리고 어뢰정과 수송함이 각 1척이었다.

일본 연합함대 최고 지휘관은 이토 스케유키[伊東祐亨] 사령장관이다. 그는 사쓰마 출신으로 정치와는 담을 쌓고 있는 전형적인 군인이었다.

　일본의 최고 지휘관은 대부분이 정치군인이다. 그런 상황에서 그가 연합함대를 지휘할 수 있었던 것은 그만큼 능력이 있었기 때문이다.

　일본의 연합함대는 유유히 북상했다.

　이런 연합함대의 움직임을 대한제국의 제7기동함대는 처음부터 파악하고 있었다.

　연초부터 제7기동함대는 일본의 움직임을 본격적으로 주시했다. 덕분에 일본군의 움직임을 처음부터 파악하고 있었다.

　그러던 중 일본 해군의 기동에 맞춰 전군에 비상령이 하달되었다. 청일전쟁의 불똥이 대한제국으로 튈 수도 있었고, 일본이 오판할 우려도 있었기 때문이다.

　제7기동함대는 잠수함을 일본 연합함대에 배치했다. 그리고 무인정찰기를 수시로 띄워서 연합함대 내부 상황도 면밀히 관찰하고 있었다.

　이토 스케유키 사령장관은 기함의 선수에서 끝도 없이 펼쳐진 바다를 바라보고 있었다. 그런 그에게 기함의 함장이 다가왔다.

　"사령장관 각하! 무엇을 보고 계십니까?"

　"아니야. 바다를 보고 있는 것이 아니라 앞으로 있을 전쟁에 대한 생각을 하고 있었다."

"청국과의 해전이 걱정되십니까?"

이토 사령장관이 고개를 끄덕였다.

"솔직히 걱정이 되지 않을 수가 없지. 우리보다 2배의 전력인 함대를 상대하는데 어찌 걱정이 되지 않겠나."

"너무 걱정하지 마십시오. 대본영의 첩보에 따르면 청나라의 북양함대는 덩치만 큰 종이호랑이라고 하지 않았습니까? 이화원 재건과 서태후의 환갑잔치를 준비하느라 배정된 예산조차 전용되었다고 하더군요. 그 바람에 훈련도 제대로 받지 못하고 있다고도 했고요."

이토 사령장관이 고개를 저었다.

"나도 그런 사정을 모르지는 않아. 하지만 함대 전력이 절대적으로 차이가 나는 것은 사실이잖아."

"저들의 기함인 정원과 진원이 문제입니다. 그 두 척의 전함만 초기에 제압한다면 승리는 무조건 우리 것입니다."

이토 사령장관도 동의했다.

"그 말은 맞아. 교전이 발발하면 모든 화력을 두 전함에 집중시켜야 해. 그래서 초기에 정원과 진원만 제압한다면 승리의 저울추는 우리에게로 기울어지게 되어 있어. 하지만 함장도 알다시피 정원과 진원은 장갑순양함이잖아. 반면에 우리의 주력 함정은 주요 부위만 철판으로 두른 방호순양함에 불과하니 걱정이 되지 않을 수 없다."

기함의 함장은 일순 말을 못 했다. 장갑순양함과 방호순양함의 방어력이 얼마나 차이가 큰지 잘 알고 있었기 때문이다.

잠시 말을 못 하던 기함의 함장이 굳은 표정을 지었다.

"각하! 북양해군은 우리의 원정을 아직 알지 못하는 상황입니다. 그러기 때문에 교전 준비를 전혀 하고 있지 않을 것이고요. 그런 북양함대에 선제타격을 가한다면 승산은 우리에게 있습니다."

"으음!"

"계획대로만 하면 됩니다. 우리에게는 비록 1문이지만 저들보다 화력이 뛰어난 32㎝(38구경) 주포가 장착되어 있습니다. 반면에 정원과 진원의 무장은 30구경이 고작이고요. 우리의 주포라면 북양함대의 정원과 진원의 장갑을 충분히 격파할 수 있습니다. 그리고 우리 속도가 북양함대보다 빠른 장점도 있습니다."

이토 사령장관도 고개를 끄덕였다.

"옳은 지적이다. 정원과 진원에 맞싸우기 위해 새롭게 장착한 주포이니만큼 해전에서 제몫을 충분히 해낼 거야."

"그런데 왜 걱정을 하십니까?"

"우리는 이번 전쟁을 1년 이상 끌고 갈 여력이 없어. 그래서 우리 해군과 육군이 최대한 합심해서 청국에 결정적 타격을 입혀야 해. 그래야 종전 협상에서 우의를 점할 수가 있어."

함장의 목소리가 높아졌다.

"우리는 분명 압도적으로 승리할 것입니다. 그러니 뒷일은 걱정하지 않으셔도 됩니다."

"그렇게 되면 무엇을 더 바라겠나."

이런 대답을 하면서도 이토 사령장관의 굳어진 표정은 풀어지지 않았다. 그 모습을 보며 기함의 함장이 작게 한숨을 내쉬었다.

일본 연합함대의 방호순양함 나니와[浪速]의 함장은 도고 헤이하치로 대좌다. 한일전쟁 당시 포로였던 도고 헤이하치로는 전후 해군 동료들과 함께 일본 정부가 속량을 내어 풀려났다.

본국으로 돌아온 도고 헤이하치로는 패전을 속죄하는 의미에서 누구보다 열심히 복무했다. 한일전쟁의 패전이 자신을 비롯한 지휘관들의 잘못이라 생각했기 때문이다.

이런 노력은 어렵지 않게 상부의 눈에 뜨이게 되었다. 덕분에 순조롭게 대좌가 되었으며 이번 전쟁이 끝나면 장관 승진이 예정되어 있었다.

그가 지휘하는 함정은 3,700톤이다. 함정도 7척뿐인 방호순양함으로 승조원이 357명이었다.

도고 대좌는 선수에서 전방을 살펴보고 있었다. 그런 도고의 옆으로 마에다 부장이 다가왔다.

"무엇을 생각하고 계십니까?"

"사령장관께서 어떤 생각을 하고 계실지 생각하고 있었네."

"청군의 주력을 선제타격할 방법을 고심하시지 않겠습니까?"

도고 함장의 고개가 저어졌다.

"북양함대사령선인 정원을 어떤 식으로 공략하자는 계획은 이미 세워 두었잖아. 그 계획대로만 진행된다면 정원을 격파하는 건 어렵지 않을 거야. 나는 그보다 장관께서 이번 전쟁의 승패를 걱정하고 계실 것 같아."

"전쟁의 승패를 걱정하신다고요?"

"그래, 우리 연합함대가 북양함대의 해전에서 승리한다고 해도 전쟁을 이기는 것은 아니야. 어떻게 되었든 승패는 육전에서 마무리될 수밖에 없어."

"당연히 그렇지요."

"문제는 우리가 전쟁을 1년 이상 치를 수 없다는 점이야. 만일 청국이 우리의 이러한 처지를 알고 육전을 지지부진하게 끌어 버린다면 큰 낭패를 볼 수밖에 없어."

부장의 얼굴도 굳어졌다.

"그렇다고 철수할 수는 없지 않겠습니까?"

"물론이지. 최악의 경우 군수품을 현지 조달을 해서라도 버텨야지."

부장이 이를 악물었다.

"수단 방법을 가리지 않고 청국을 굴복시켜야 합니다. 나아가 한국도 넘어서야 하고요. 그래야 우리 일본이 거듭날 수가 있습니다. 그러지 않으면 우리 일본은 청국과 한국에

치여서 아시아에서도 소국으로 전락할 수밖에 없습니다.”

도고 헤이하치로는 무섭게 발전하고 있는 대한제국을 떠올렸다. 그러다 보니 자신도 모르게 고개가 저어졌다.

부장이 그 모습에 의아해했다.

“소장이 잘못 말씀드린 것입니까?”

도고 헤이하치로가 고개를 저었다.

“아니야. 부장의 말이 맞아. 하지만 한국은 우리가 쉽게 넘볼 수 없는 나라가 되었다는 사실을 간과하면 안 돼.”

“소장도 잘 알고 있습니다. 그러나 청국을 굴복시킨 다음 목표는 한국이 되어야 하지 않겠습니까?”

부장의 말은 맞다.

그러나 도고 헤이하치로는 선뜻 부장의 말에 동조할 수가 없었다. 그의 심중에서 한국은 넘을 수 없는 장벽처럼 인식되어 있었기 때문이다.

연합함대지휘관들 중 북양함대와의 해전에 부담을 갖지 않는 사람은 없었다. 북양함대가 보유한 대형 전함이 갖고 있는 위상이 그만큼 대단했다.

그러나 청국을 공략하기 위해서는 반드시 넘어야 할 산이었다. 그래서 연합함대 지휘관들은 청국과의 해전에 죽기를 각오하고 임하고 있었다.

연합함대가 북상하고 있을 무렵.

갑작스러운 일본의 도발에 청국은 뒤집혀졌다.

청국은 여황제로 불리어도 하등 이상하지 않는 서태후의 환갑을 앞두고 있었다. 그래서 모든 국력을 집중하고 있었는데 갑자기 생각지도 않은 일이 발생한 것이다.

청국에 일본은, 속국은 아니지만 그에 준하는 나라로 인식되어 있었다. 그런 일본이 북양함대의 그동안 행적을 문제 삼고 나선 것이다.

서태후는 대로했다.

자신의 환갑을 위해 몇 년 동안 예산의 상당 부분을 전용해 왔다. 거기다 해군에 배정된 자금을 유용하면서까지 온갖 준비를 해 왔다.

그런 환갑을 몇 달 앞둔 시기에 일본이 군사 보복을 선포하고 나선 것이다. 이는 잔칫상에 재를 뿌려도 한참 뿌린 형국이었다.

"당장 북양함대를 동원해 일본 함대부터 격멸시키도록 하라!"

서태후의 대로를 누구도 감당할 수 없었다. 북양대신 이홍장도 이 지시만큼은 거부하지 못했다.

"북양제독 정여창으로 하여금 북양함대를 출동하려 명하겠사옵니다."

"그렇게 하시오. 가서 저 간악한 일본의 명줄을 끊어 버리도록 하시오."

"예, 폐하."

북양함대모항은 산동의 위해위다.

청국 조정의 명령을 받은 북양제독 정여창은 즉각 전 함대의 출항을 명령했다. 그러나 10척이 넘는 함대를 바로 출동할 수는 없었다. 그래서 부랴부랴 보급을 마치고 출항한 것이 이틀이 지나서였다.

북양함대는 지금까지 해전을 치러 본 경험이 한 번도 없었다. 더구나 몇 년 동안의 전비 유용으로 제대로 된 보급도 받지 못하고 있었다.

이런 상황에서의 출동은 당연히 문제가 되지 않을 수 없었다. 그럼에도 북양함대지휘관인 정여창 제독은 승리를 자신했다.

"우리의 전력이라면 일본 해군을 충분히 격멸할 수 있다. 그러니 해전이 벌어지면 백전필승의 자세로 전투에 임하기 바란다!"

정여창의 지시는 수기를 통해 각 함정에 전달되었다. 북양함대의 승조원들은 일본을 얕보고 있었기에 함대사령관의 지시에 사기가 충천했다.

북양함대는 해안을 따라 남하했다.

이 항로는 북양함대를 비롯한 거의 모든 함정이 이용한다. 그래서 북양함대도 별생각 없이 기존의 항로를 따라 남하한 것이다.

그러나 이것이 문제였다.

일본은 오래전부터 북양함대와의 해전을 준비하고 있었다. 그 일환으로 북양함대의 이동경로에 대해서도 면밀히 검토하고 있었다.

전속 북상한 연합함대는 산동의 청도 인근에 집결해 있었다. 목적지에 도착한 연합함대는 어뢰정으로 정찰을 보냈다.

다른 함정에 비해 크기가 작은 어뢰정은 상대적으로 속도가 빠르다. 그런 어뢰정이 전방으로 진출하고 몇 시간이 지나서였다.

깜빡! 깜빡!

정찰을 나가 있던 어뢰정이 햇빛을 이용해 신호를 보내왔다. 그것을 본 기함의 함장이 급히 이토 사령장관에게 보고했다.

"장관님, 어뢰정으로부터 적함을 발견했다는 신호입니다."

이토 사령장관이 즉각 명령했다.

"쓰보이 고조[坪井航三] 제독이 지휘하는 제1유격대를 출정시키도록 하라."

참모장이 대답했다.

"예, 각하."

사령장관의 지시를 받은 쓰보이 고조 제독은 즉각 움직였다.

"제1유격대 먼저 출발하라!"

그가 지휘하는 제1유격대는 일본 연합함대의 주력인 방호순양함 4척으로 구성되어 있었다. 쓰보이 제독의 지시를 받은 4척의 방호순양함이 전면으로 나섰다.

일본 연합함대가 이렇게 움직이고 있을 즈음 남하하던 북양함대도 연합함대를 발견했다.

땡! 땡! 땡! 땡!

비상종이 타종되면서 북양함대도 급히 대형을 구축했다. 북양함대기함인 정원의 선장실에서 전방을 바라보던 정여창이 이를 갈았다.

"으득! 과연 간악한 일본 놈들이로구나. 군사도발을 감행한다는 소문이 나고 며칠 되지도 않았는데 벌써 여기까지 올라오다니 말이야."

옆에 있던 함장이 거들었다.

"사전에 준비를 하고 있었던 것이 분명합니다. 저런 놈들은 서전부터 철저하게 박살을 내서 우리의 무서움을 뼛속 깊이 인식시켜 줘야 합니다."

정여창이 주먹을 움켜쥐었다.

"함장의 말이 맞다. 이번에 철저하게 박살을 내 주도록 하자!"

"제독님, 일본 함대의 몇 척이 앞으로 나섭니다."

정여창도 일본 연합함대의 움직임을 주시하고 있었다. 그래서 연합함대 함정 중 덩치가 큰 4척이 시꺼먼 연기를 내뿜으며 기동하는 모습을 바로 포착할 수 있었다.

그래서 대응도 즉각적으로 나왔다.

"저들이 주력 함정을 앞세우려는 것 같다. 우리도 거기에 맞서 사령선인 정원을 중심으로 순양함을 앞세워 일자진을 구축하라!"

정여창의 지시에 북양함대 함정들도 대형을 구축하기 시작했다.

정속 항해를 하던 함대가 급작스럽게 움직이려면 한꺼번에 많은 힘을 필요로 한다. 그래서 북양함대의 함정들도 연돌로 시꺼먼 연기를 뿜어냈다.

연합함대와 북양함대가 시차를 두었지만 엄청난 연기를 내뿜으며 기동했다. 그런 모습은 주변 해역에 있던 잠함 안무에게 고스란히 포착되었다.

마군이 도래하고 20년이 지났다.

그러는 동안 마군의 중추였던 영관들은 대부분 일선에서 퇴진했다. 위관들도 대부분 함대의 지휘관으로 승진해 있었다.

그만큼 20년이라는 시간은 길었다.

제7기동함대도 변화가 많았다.

제7기동함대에는 워낙 기밀을 요하는 사안이 많았다. 그래서 사병들을 간부로 임용해 최대한 기밀을 지켜 오고 있었다.

그러나 세월은 어찌할 수가 없었다.

그래서 10여 년 전부터 병력을 선발해 특별훈련을 시켜 왔다. 병력은 초급무관과 위관들로 해군무관학교와 초급무관학교에서 선발했다.

그러고는 다양한 교육을 통해 충성심과 애국심을 수차 확인했다. 그렇게 선발된 최정예 병력을 제7기동함대에 배치했다.

이들은 마군이 다른 세상에서 왔다는 사실을 배치 전 특별 교육을 받을 때 이미 들어 알고 있었다. 그럼에도 직접 접한 제7기동함대의 기술력과 군사력은 경악할 수준이었다.

그래서 제7기동함대에 막 배치되었을 때 하나같이 놀랐으며, 자신들이 특별 선발되었다는 사실에 너무도 기뻐했다.

놀랍게도 특별 교육 덕분에 단 한 명의 낙오자도 발생하지 않았다. 그렇게 투입된 자원들은 마군 선임들의 철저한 가르침 덕분에 이제는 전부가 최고의 자원이 되었다.

안무의 함장 최선호는 마군 사병 출신이다.

이병으로 조선에 온 그는 무관에 임관한 이후 차곡차곡 경력을 쌓아 왔다. 그러다 2년 전 안무의 함장이 되었으며 곧 대령으로 승진 예정이었다.

안무는 연합함대가 사세보를 출항할 때부터 뒤를 쫓았다. 그렇게 이틀 동안 흔적 없이 추적하던 안무는 드디어 결정적인 순간과 맞닥뜨렸다.

"부장, 양측이 교전을 시작하려고 한다. 이 사실을 즉각 권율에 알리도록 하라."

"예, 알겠습니다."

안무의 부장은 문중인 소령이다.

문중인은 해군무관학교를 수석으로 졸업했으며 누구보다 잠수함 근무를 자랑스럽게 생각하고 있었다. 그런 사실을 알고 있는 최선호는 자신의 후임으로 문중인을 주시하고 있었다.

그래서 웬만한 업무는 일임하고 있었다. 이번 일도 마찬가지여서 통신무관에게 할 지시를 일부러 그에게 했던 것이다.

문중인도 이런 최선호의 마음을 알고 있었다. 그래서 함장의 지시가 떨어지면 조금의 불평도 없이 따랐다.

잠함 안무의 보고를 받은 권율은 즉각 무인정찰기를 띄웠다. 100여 킬로미터를 단숨에 날아온 무인정찰기는 고도를 유지하며 양측을 렌즈에 전부 담았다.

도고 헤이하치로는 제1유격대 소속이다.

쓰보이 제독의 지시가 떨어지자 바로 지휘하는 함정을 기동했다. 그리고 다른 4척의 방호순양함과 함께 전방에서 대형을 유지했다.

제1유격대의 기동에 맞춰 북양함대도 함대를 재편했다. 그러고는 기함인 정원을 중심으로 장갑순양함을 전진 배치했다.

쓰보이 제독이 지시했다.

"우리 제1유격대는 모든 화력을 북양함대의 기함에 집중한다. 그러니 각 함은 계획대로 정원의 하단 석탄 창고와 사령탑의 양쪽 사관실과 두 칸짜리 최상부 선장실을 집중 포격한다."

그의 지시가 각 함정에 전달되었다. 도고 헤이하치로 함장도 연락을 받고는 지시했다.

"우리는 목표대로 하단의 석탄 창고를 노린다! 포술장은 주포로 정원함의 하단을 조준하라!"

이렇듯 족집게 지시를 할 수 있는 원인은 북양함대가 제공했다. 북양함대가 나가사키를 기항하면서 정원함의 내부를 공개했던 것이다.

일본은 공개한 정원함의 구조를 철저하게 분석했다. 그리고 그렇게 얻은 정원함의 정보를 이번 해전에 그대로 적용했다.

제1유격대의 방호순양함 중 3척의 주포가 32㎝로 교체되어 있었다. 북양함대의 정원과 진원을 상대하기 위해서였다. 그런 방호순양함은 지시가 떨어지자 각자 맡은 부분으로 포신을 이동했다.

그리고 얼마의 시간이 지났을 때였다.

깜빡! 깜빡!

연합함대기함이 신호를 보냈다. 그것을 확인한 도고 헤이하치로가 목이 터져라 소리쳤다.

"주포를 발포하라!"

쾅!

함정의 주포가 포격했다.

그 순간 어마어마한 충격파가 함정 전체로 퍼져 나갔다.

선상에 있던 도고 헤이하치로가 난간을 잡으며 몸을 고정시
켜야 할 정도였다.

연합함대 방호순양함이 이번 해전을 위해 장착한 주포는
무리한 시도였다. 그러나 기존의 함포로는 북양함대의 정원
과 진원을 상대할 수 없었다.

그래서 다른 부포들을 모조리 뜯어내고 오직 1문의 주포
만 장착했다. 부포를 장착한 상태로 해전에 임하면 배가 견
뎌 내지 못하기 때문이다.

이런 시도는 성공해서 북양함대의 정원보다 먼저 포격할 수
있었다. 그러나 아쉽게 초탄은 정원함의 앞바다에 떨어졌다.

펑!

순간 엄청난 물기둥이 솟구쳤다.

뒤이어 2개의 물기둥도 하늘로 치솟았다. 38구경을 장착
한 다른 2척의 방호순양함의 포격도 실패한 것이었다.

도고 헤이하치로의 지시가 이어졌다. 주포를 바꾸면서 늘
어난 주포의 유효사거리를 최대한 이용해야 했기 때문이다.

"포술장! 주포를 연속 발포하라!"

쾅! 펑!

쾅! 펑!

2번과 3번의 포격도 실패했다.

그러던 중 정원이 반격했다.

쾅! 쾅! 쾅! 쾅!

정원에는 30구경, 28구경 단장포가 각 4문, 25구경 연장포가 2문이 장착되어 있었다. 이 중 4문의 단장포가 동시에 포격을 감행했다.

그러나 이 포격은 모조리 실패했다.

일본 연합함대가 장착한 함포의 사거리가 정원함의 함포보다 훨씬 길었기 때문이다.

바다에서 그것도 움직이는 표적을 맞히는 일은 지난하다. 그래서 이 시대의 포격은 경험이 오래된 포술장의 능력에 의존할 수밖에 없다.

잠시 동안 포격전이 이어졌다.

그러는 동안 양측의 함대가 점점 가까워졌다. 함대가 가까워지면 사거리가 긴 주포의 장점이 상실된다는 의미다.

도고 헤이하치로는 두 손에 땀이 찼다.

그러나 지금과 같은 상황에서 그가 할 수 있는 일은 없었다. 다만 경험 많은 포술장이 제 몫을 해 주기를 바랄 뿐이었다.

이런 도고 헤이하치로의 바람이 기가 막히게 맞아 떨어졌다.

꽝! 꽈꽝!

지금까지와는 다른 소리가 터졌다. 그 순간 정원함의 하부에서 시꺼먼 연기가 치솟았다.

도고 헤이하치로가 소리쳤다.

"되었다!"

이게 시작이었다.

꽈꽝! 꽝!

다른 2척의 방호순양함에서 쏜 포탄이 정원의 사령탑을 연신 강타했다. 정원은 철갑선이어서 측면 장갑이 35㎝이며 사령탑의 장갑은 20.3㎝다.

그런 측면과 사령탑의 장갑이 그대로 깨져 나간 것이다. 일본 해군이 명운을 걸고 시도한 주포 교체가 보기 좋게 성공했다.

이러한 성공은 북양함대의 탓도 컸다.

해전이 벌어지는 동안 북양함대도 반격하지 않은 것은 아니었다. 그러나 북양함대에는 포탄의 숫자가 절대적으로 부족했다.

지난 몇 년 동안 예산이 전용되면서 제대로 보급을 받지 못했기 때문이다. 그 바람에 북양함대 특히 정원함은 포탄이 부족해 제대로 반격을 못 했다.

함포의 구경이 큰 정원은 포탄 가격이 상대적으로 비쌌다. 그 바람에 포탄이 형식적으로 구비하고 있어서 다수의 포탄이 도자기로 만들어졌거나 목재에 칠을 한 것이었다.

이런 상황에서 실전이 벌어지자 허실이 그대로 드러나 버렸다. 그럼에도 북양함대의 지휘부는 자신들이 질 거라고는 조금도 생각지 않았다.

그런 자만심은 방심을 불러왔으며, 그런 방심을 연합함대는 송곳처럼 뚫어 버린 것이었다.

꽈꽝! 꽝!

사령탑과 석탄 창고가 피격당하면서 유폭도 발생했다. 그에 따라 정원함은 기동력을 급격히 상실해 갔다.

문제는 또 있었다.

사령탑의 상층부에 있던 정여창이 포격에 중상을 당한 것이다.

북양함대지휘부는 우왕좌왕했다.

이들은 자신들이 보유한 함정의 규모만을 과신했었다. 그런데 해전이 벌어지고 1시간여 만에 가장 믿고 있던 기함이 전투력을 상실했다.

거기에 사령관인 정여창마저 중상을 입었다. 우왕좌왕하던 북양함대는 그래도 정신을 차렸다.

그러고는 정원함을 수습하려고 혼신의 노력을 다했다. 다행히 사령탑과 석탄 창고가 큰 타격을 받았지만 더 이상의 유폭은 없었다.

그러나 일본의 연합함대는 한 번 벌어진 빈틈을 그대로 두고 보지 않았다.

꽝! 꽝! 꽝! 꽝!

무수한 포탄이 정원함에 쏟아졌다. 놀랍게도 수많은 포탄에 피격되었음에도 정원은 건재했다.

거리가 가까워지면서 양측은 보유하고 있는 화력을 집중해 포격전을 감행했다. 정원이 제대로 화력을 뿜지 못하자 북양함대의 장갑순양함이 나섰다.

장갑순양함은 연합함대 함정의 빈약한 장갑을 공략하려고 충각(衝角) 전술을 들고나왔다. 그러나 이 전술은 연합함대 함정의 빠른 속도 때문에 무위로 끝났다.

그 대신 충각 전술을 시도한 장갑순양함은 연합함대의 집중 폭격을 받아야만 했다. 그렇게 30여 분의 집중 폭격을 받은 초용함(超勇艦)이 최초로 침몰했다.

이어서 양위함(揚威艦)도 포격에 자정능력을 상실하면서 전열에서 이탈했다.

이러는 동안 북양함대의 함정들이 남하했다. 이때부터 본격적인 난전이 시작되었으며 전투는 한나절 동안 이어졌다.

잠함 안무는 전투가 벌어지자 전투 해역으로 최대한 접근했다. 그러고는 양측의 교전 상황을 세밀하게 살폈다.

"이야! 대단하구나. 정원이 저렇게 많은 피격을 당하고도 버텨 내고 있어."

부장이 의견을 밝혔다.

"포탄이 전부 철갑탄이어서 그렇습니다. 만일 우리가 보유한 고폭탄이라면 몇 발만 맞아도 바로 폭발했을 겁니다."

최선호도 인정했다.

"맞는 말이야. 고폭탄이었다면 정원은 벌써 수중고혼이 되고도 남았지."

두 사람의 지적대로 정원은 수많은 포격을 받았음에도 침몰하지 않았다. 그러나 전투를 치를 능력을 상실해 그저 포격을 버티기만 할 수 있었다.

일본의 제1유격대는 그런 정원을 버려두고 진원을 집중적으로 노렸다. 이러한 공격에 진원 그리고 지원 등이 집중 폭격을 당해 화재가 발생했다.

북양함대 진형이 서서히 무너졌다.

2장

북양함대도 일방적으로 당하지 않았다.

대형 전함 진원은 포격을 당해 갑판에 화재가 발생했다. 그럼에도 연합함대기함인 마쓰시마의 후미 포탑을 직격했다.

그 바람에 마쓰시마 유일의 포탑이 날아가면서 30여 명의 승조원이 즉사했다. 그렇게 시작된 화재는 사령탑까지 번지면서 기함의 능력을 상실했다.

이에 따라 연합함대는 기함을 보호하기 위해 집결할 수밖에 없었다.

이 틈을 북양함대가 노렸다.

이미 기함인 정원의 전투력을 상실한 북양함대는 개별적으로 철수를 시작했다. 그러나 이렇게 무질서한 퇴각으로 몇 척의 장갑순양함이 더 침몰하는 막대한 피해를 입었다.

연합함대도 끝까지 추적할 수 없었다.

이날의 해전에서 1척의 방호순양함을 잃었다. 그리고 3척의 방호순양함이 대파되는 피해를 입었다.

북양함대가 입은 피해는 극심했다.

2척의 장갑순양함이 대파되고 5척의 장갑순양함이 침몰했다. 여기에 청국이 자랑하던 정원이 대파되고 진원도 상당한 피해를 입었다.

그야말로 처절한 패전이었다.

청도해전 또는 황해해전으로 불리게 될 해전은 이렇게 마무리되었다. 해전을 끝낸 연합함대는 승리의 기치를 내걸고 사세보로 귀환했다.

귀환한 연합함대는 열렬한 환영을 받았다.

대파된 방호순양함을 제외한 다른 함정은 곧바로 재보급을 실시했다. 그러고는 대기하고 있던 육군 병력을 최대한 승선시켰다.

"출항하라!"

사세보에는 20만의 육군이 대기하고 있었다. 연합함대와 수송 함대가 이들 중 5만 병력을 먼저 태워서 이동했다.

연합함대는 서둘러 항해했다.

청국의 북양함대가 정비를 마치고 다시 기동할 수도 있었다. 그렇게 되면 병력을 최대한 탑승시킨 연합함대가 제대로 대적하기 어려워진다.

물론 북양함대가 엄청난 손실을 입었다는 사실을 모르지는 않았다. 그러나 저들이 남은 함정으로 연합함대의 항로를 막아선다면 상륙 계획에 막대한 차질을 빚을 수밖에 없었다.

명운을 건 시도는 보기 좋게 성공했다.

산동까지 올라간 연합함대는 청도의 교주만(膠州灣)으로 입항했다. 그러고는 해안에 최대한 접근해서 병력을 쏟아 내기 시작했다.

육지에서는 난리가 났다.

갑자기 생전 처음 보는 엄청난 함대가 만으로 들어왔다. 그러고는 병력을 쏟아 냈는데 다름 아닌 일본 육군이었다.

교주만은 입구가 좁지만 내부가 넓은 천혜의 양항이다. 그런 입지 조건을 갖추고 있음에도 청국은 이를 전혀 활용하지 않고 있었다.

그래서 일본군은 무혈입성을 할 수 있었다. 닷새 동안 병력과 보급물자를 하역한 연합함대는 유유히 사세보로 돌아갔다.

청도의 사정은 곧바로 북경으로 전달되었다.

서태후는 대로했다.

"무엇이 어쩌고 어째요? 일본군 수만 명이 청도에 상륙을 했다고요?"

이홍장의 몸이 절로 굽혀졌다.

"송구하오나 일본이 해전에서 승리한 틈을 노리고 기습 상륙을 감행하였습니다."

"당장 병력을 보내 제압하세요."

"그렇지 않아도 천진에 주둔해 있는 병력 중 10만을 급히 내려보냈사옵니다."

"그 정도면 일본군을 막을 수 있겠습니까?"

"북양군의 군세가 20만입니다. 그래서 더 많은 병력을 보냈다가는 북경 방어가 위험하옵니다."

"허면 일본군이 더 많은 병력을 상륙시킨다면 막을 방도가 없지 않습니까?"

"그렇게 되지 않도록 북양함대를 재정비해서 내려보내려 합니다."

서태후가 격하게 반응했다.

"그동안 우리가 너무 안일했어요. 그렇지 않았다면 하찮은 일본 함대에 북양함대가 밀렸을 까닭이 없어요. 일본군의 청도 상륙은 해전에서의 패배 때문이지 않습니까?"

이홍장은 억울했다.

그래서 지금까지 마음에 담아 두었던 말을 슬쩍 흘렸다.

"폐하! 아뢰옵기 송구하오나 우리 북양함대는 지난 1888년 이후 지금까지 북양함대는 단 한 척의 군함도, 단 한 문의 대포도 새로 도입하지 못했습니다. 더구나 지난해에는 신(臣)

이 일본군과 같은 속사포 12문을 정원, 진원에 탑재해 달라고 주청을 드렸으나 실행되지 못했사옵니다."

모두가 맞는 말이었다.

서태후는 얼굴이 붉으락푸르락해졌지만 이홍장의 발언을 강력히 제지하진 못했다.

이홍장도 더 강하게 나가지 않았다. 그랬다가는 서태후와의 사이가 끝장이라는 사실을, 그는 너무도 잘 알고 있었다.

이홍장이 한발 물러섰다.

"우리 북양해군은 창건 이후 안타깝게도 단 한 척도 증강하지 못했습니다. 그 모두 신(臣)의 책임입니다. 만일 신이 좀 더 노력을 했었다면 포탄 보급도 함정 충원도 지금과는 달랐을 것이옵니다."

이홍장이 분명 자책을 했다.

그런 자책이 자신을 지적한다는 사실을 서태후는 모르지 않았다. 그러나 서태후는 뻔뻔스럽게도 이홍장을 추궁했다.

"진즉에 보완을 했어야지요. 그랬다면 오늘날과 같은 불상사는 없었을 것입니다."

이홍장은 속으로 욕을 했다. 그러나 겉으로는 두 손을 모으고서 깊숙이 몸을 숙였다.

"송구하고 또 송구하옵니다."

서태후도 민망함에 더 추궁하지 않았다.

그녀가 슬쩍 말을 돌렸다.

"북양함대가 일본군과의 해전에서 큰 피해를 입었다고 들었습니다. 그런 북양함대가 바로 기동할 수는 없지 않습니까?"

이홍장이 피해를 그대로 전했다.

"안타깝게도 일본과의 해전에서 북양함대가 막대한 피해를 입었습니다. 정여창 북양제독도 중상을 입었고요. 너무도 큰 피해를 입은 바람에 본래는 남은 함정을 수리하면서 모항을 수비시키려고 했었습니다. 그러나 일본군이 갑자기 청도로 상륙한 바람에 급히 전략을 수정하였습니다."

"북양함대가 수리를 마치고 출항하려면 얼마의 시간이 필요하시오?"

"아무리 빨라도 한 달여의 시간은 필요합니다."

"그사이에 일본군이 추가로 상륙하면 어쩝니까?"

이홍장의 몸이 숙여졌다.

"그래서 일본군의 상륙을 저지하기 위해 북양육군 10만을 산동으로 급파한 것입니다."

서태후의 입에서 한숨이 터졌다.

"하아! 북양대신의 말씀에 따르면 일본군의 추가 상륙을 막기 어렵다는 거로군요."

이홍장도 숨기지 않았다. 이런 일을 서태후에게 감추었다간 뒷일을 감당하기 어렵다는 사실을 누구보다 잘 알고 있었기 때문이다.

"지금 상황으로서는 우리 육군이 최대한 빨리 청도로 내려가는 방법밖에는 없습니다."

서태후도 그동안 산전수전 다 겪었다. 그래서 군의 기동이 어떻다는 정도는 알고 있었다.

"천진을 출발한 우리 군이 산동까지 가려면 한 달이 넘게 걸리는데 그것이 문제네요."

"안타깝지만 그렇습니다."

서태후가 팔걸이를 쳤다. 이런 행동은 그녀가 고심할 때의 습관이어서 누구도 말을 하지 않았다.

한동안 고심하던 서태후가 입을 열었다.

"어쩔 수 없지요. 지금으로선 일본군이 더 이상 상륙하지 않는 것을 기대할 수밖에요."

하나마나 한 말이었다. 이홍장도 그 점을 잘 알고 있었지만 지금으로선 다른 방도가 없었다.

"북양군의 기동을 좀 더 독려하겠습니다. 아울러 해군도 최대한 수리를 서두르게 하겠습니다."

"그렇게 하세요."

이날의 회의는 이렇게 끝났다.

그러나 청국의 기대와는 달리 일본군은 불과 한 달 사이에 20만 병력을 청도로 상륙시켰다.

그뿐이 아니었다.

상륙해 있던 일본군은 발 빠르게 기동했다. 그러고는 북양 군의 방어를 밀어내면서 연전연승했다.

청군은 전전긍긍했다.

이런 청군에 재앙이 닥쳤다.

병력 수송을 성공한 일본 연합함대는 귀환해서는 휴식하며 재보급을 했다. 그러고는 다시 출항해 북상해서는 육군과 합동으로 북양함대의 모항인 위해위를 대대적으로 공격했다.

북양해군도 강력하게 저항했다.

그러나 일본 육군이 해안포대를 점령하면서 전황은 급격히 기울었다. 결국 북양함대는 포위되어 궤멸되었으며 정여창은 자살하고 만다.

이로써 청국은 바다를 모조리 상실했다.

바다를 장악한 일본군은 산동을 거침없이 유린해 나갔다.

몇 개월 동안 몇 번의 전투가 있었지만 모조리 일본군이 승리했다. 그렇게 산동을 장악한 일본군은 현지에서 보급물자를 충당하며 겨울을 보냈다.

그리고 다음해 봄.

대한제국외무부로 청국공사가 방문했다. 때마침 대진도 청국 문제를 논의하기 위해 외무대신을 만나고 있었다.

한상태가 환대했다.

"어서 오십시오. 연락도 없이 어인 일입니까?"

청국공사가 두 손을 모았다.

"갑자기 본국에서 급보가 오는 바람에 급하게 찾아뵈었습

니다."

청국공사가 대진에게 인사했다.

"후작님께서 와 계신 것을 알았다면 따로 날을 잡을 것을. 송구합니다."

대진이 고개를 저었다.

"아닙니다. 그럼 저는 나가 볼 터이니 말씀 나누시지요."

청국공사가 만류했다.

"그러지 않으셔도 됩니다. 어쩌면 이 사안은 후작님께서 도와주시는 것이 더 좋을 수도 있습니다."

이 말에 대진은 청국공사가 방문한 까닭을 짐작할 수 있었다. 대진이 자리에 앉으며 질문했다.

"무슨 일이기에 제 도움이 필요하신 것입니까?"

청국공사가 숨기지 않았다.

"귀국이 우리 대청과 일본의 전쟁을 중재해 주셨으면 합니다."

대진과 한상태가 서로를 바라봤다. 두 사람은 역시 '이 문제였구나.'라는 생각을 하고 있었다.

한상태가 고개를 저었다.

"쉽지 않은 일입니다. 솔직히 말씀드려 귀국에는 아직까지 본국을 적대하는 분위기가 많습니다. 그런 상황에서 우리가 중재를 한다면 그걸 쉽게 받아들이겠습니까?"

대진도 거들었다.

"외상의 말씀이 맞습니다. 공연히 우리가 나서면 사태를 더 악화시킬 수가 있습니다. 공사께서도 아시다시피 우리 대한제국은 귀국과 일본 모두와 전쟁을 치른 적이 있지 않습니까?"

청국공사가 두 손을 모았다.

"그래서 더 부탁을 드리는 겁니다. 본 공사가 알기로 귀국은 일본과 상당히 깊은 유대를 맺고 있습니다. 그런 귀국이 중재를 한다면 일본도 받아들일 것입니다."

대진이 나섰다.

"본국이 일본과 긴밀한 관계가 있는 것은 사실입니다. 그렇다고 해서 일본이 우리 중재를 받아들인다는 보장이 없지요. 더 큰 문제는 일본과 협상한 중재안을 귀국이 수용한다는 보장은 더더욱 없다는 거고요. 그런 일이 발생하면 우리와 귀국의 사이가 문제가 되지 않겠습니까?"

청국공사가 자신했다.

"그 부분은 걱정하지 않아도 됩니다. 우리 대청은 귀국의 정당한 중재안은 받아들일 용의가 있습니다. 그리고 이 중재를 부탁한 사람이 북양대신이라는 점도 잊지 말아 주셨으면 합니다."

북양대신이라면 상황이 다르다.

대진이 고심하다 제안을 했다.

"좋습니다. 그러면 본국의 부산에서 양국이 만나 종전 협상을 하시지요. 협상의 중재는 내가 직접 나서겠습니다."

"저는 후작님이 나서 주신다면 어디라도 상관이 없습니

다. 부산이라면 더 좋고요."

한상태가 나섰다.

"알겠습니다. 그러면 일본공사를 불러 상황을 전달하지요."

"잘 부탁드립니다."

청국공사가 돌아가고 한상태가 일본공사를 불렀다. 마치 기다렸다는 듯 일본공사 이노우에 가오루가 들어왔다.

이노우에 가오루는 청일전쟁이 벌어지자 내무대신을 사임하고 대한제국공사를 자청했다.

"어서 오십시오."

이노우에가 두 사람과 인사를 하고는 자리에 앉았다. 대진이 먼저 정중히 사정을 설명했다.

"오늘 청국공사가 다녀갔습니다. 이번 전쟁을 우리보고 중재해 달라고요. 그래서 이노우에 공사님을 모신 것입니다."

이노우에의 눈이 빛났다.

이노우에 가오루가 반문했다.

"후작님께서 중재를 직접 하실 것입니까?"

"귀국이 반대를 않는다면 그럴 용의가 있습니다."

"우리 일본으로서는 우리를 잘 아는 후작님이 중재하시면 좋지요. 헌데 우리의 요구 사항을 청국이 쉽게 받아들일지가 걱정입니다."

대진이 핵심을 짚었다.

"귀국은 땅이 굳는 대로 북진을 하려고 계획하고 있지요?"

이노우에가 움찔했다.

"그렇습니다만 후작님이 그런 사실을 알고 있는 것이 놀랍습니다."

대진이 고개를 저었다.

"어려운 일입니다. 만일 귀국이 북진하면 영국을 비롯한 서양 제국이 전부 반대하고 나설 것입니다."

일본도 그 부분이 걱정이었다. 그래서 지난해 산동에서 청군을 궤멸시켰음에도 바로 북진을 못 한 것이다.

대진이 말을 이었다.

"서양은 청국이 현 상태로 유지되기를 바라고 있지요. 그래서 귀국이 북진하면 반드시 막으려 할 것입니다. 그렇게 되면 귀국의 입장에서도 상당히 곤란하지 않겠습니까?"

이노우에가 한숨을 내쉬었다.

"후! 솔직히 우리도 그게 걱정이기는 합니다."

"역시 그랬군요. 제 생각에는 이번만큼은 적당한 선에서 청국과 중재를 하는 것이 귀국의 국익에도 좋다고 생각합니다."

"어느 선이 적당하겠습니까?"

"적어도 산동은 차지해야겠지요. 그리고 배상금도 상당히 받아 내야 하고요."

이노우에가 한발 더 나갔다.

"천진도 조차해 주십시오."

대진이 고개를 저었다.

"천진은 북경의 관문입니다. 그런 천진을 조차해 달라는 것은 끝장을 보자는 거나 다름없습니다."

이노우에 가오루가 아쉬워했다.

"역시 천진은 무리군요. 허면 나포한 북양함대의 함정을 돌려주지 않도록 해 주십시오."

"그야 당연한 일이지요. 우리 대한제국도 프랑스와의 해전에서 승리했을 때 나포한 함정을 단 한 척도 돌려주지 않았습니다."

"배상금은 어떻게 합니까?"

"그 부분은 청국과 직접 협상하는 게 좋을 것 같습니다."

이노우에가 안도의 표정을 지었다.

"알겠습니다. 그렇다면 우리 일본은 후작님의 중재에 찬성합니다."

"좋습니다. 장소는 부산으로 하려고 하는데 어떻게 생각하십니까?"

"그 부분도 이의 없습니다."

"잘 생각하셨습니다. 그러면 공사께서도 본국에 연락을 해야 하니 양국 대표가 사월 중으로 만나는 것으로 하는 건 어떻게 생각하십니까?"

"한 달이라면 충분한 시간이 있네요. 그렇게 하겠습니다."

한상태가 나섰다.

"귀국이 종전에 이렇게 쉽게 동의할 줄은 몰랐습니다."

이노우에 가오루도 숨기지 않았다.

"후작님께서 지적하다시피 북경 공략은 서양의 반대로 어려운 일입니다. 그런 한계가 명확한 상황에서 본국도 전쟁이 오래 지속되는 것을 바라지는 않습니다."

"알겠습니다."

4월 중순.

청일 양국이 부산에서 회동했다.

청국은 북양대신 이홍장이 대표로 나섰으며 일본은 수상인 이토 히로부미가 직접 나섰다.

이미 대진의 중재로 대강의 합의는 마친 상황이었다. 그럼에도 협상은 치열하게 전개되었으며 그 결과 일본군은 점령지에서 조금 물러나며 산동 일대를 차지하게 되었다.

일본은 처음에는 천진조차를 주장했다. 이 주장은 당연히 거부되었으나 산동 일대를 얻는 나름대로 최상의 결과를 도출해 냈다.

반면 청국은 최악이었다.

가장 자신했던 북양함대가 완전히 궤멸되었다. 그러면서 자침한 정원을 제외한 진원과 남은 함정을 모조리 일본에 넘겨줘야 했다.

산동 일대는 전략 요충지다.

이곳을 넘겨주면서 개항지의 조계지도 인정해 주어야 했다.

여기에 3년 세수와 맞먹는 은화 3억 냥을 배상하게 되었다.

문제는 더 있었다.

청국의 위상 추락이었다.

지금까지 그래도 청국이 일본보다 우위로 인식되고 있었다. 그런데 이번 전쟁으로 상황이 완전히 역전되면서 청국의 위상이 급전직하로 추락했다.

덩달아 종전을 중재한 대한제국의 위상이 절로 올라가는 결과가 되었다. 청국은 대내외적으로 종이호랑이라는 사실이 공표되면서 회복할 수 없는 상흔이 그어졌다.

그렇게 전쟁은 끝났다.

청일전쟁은 일본의 승부수 때문에 발생했다. 일본은 국가 발전의 동력을 외부에서 구하려 했다. 그 대상이 청국이었으며 일본은 바람대로 전쟁에 승리하면서 대륙에 교두보를 확보했다.

일본의 대륙 진출은 대륙 정세에 엄청난 반향을 불러왔다. 대한제국에 이어 일본에게까지 연패한 청국의 위상은 그야말로 급전직하로 추락했다.

청나라 건국 초기 멸만흥한·반청복명 세력들이 기승을 부렸었다. 청국 조정이 그런 세력을 철저하게 제압하면서 한족을 우대하는 정책 덕분에 반정부 세력이 자취를 감추었다.

이어서 강희제, 옹정제, 건륭제로 이어지는 140여 년 동안 급격히 발전했다. 그 시절을 넘기면서 한족은 청국을 자신들의 조국으로 받아들였다.

그래서 나라가 위기에 처하면 한족들이 분연히 일어나 나라를 지켜 냈다. 이어서 외세의 침략에 맞서 중체서용(中體西用)으로 청국을 지키려 했다.

그러나 청국이 대한제국과 일본에 연패하면서 상황이 크게 변했다. 대륙의 한족들은 일본에까지 패한 사실에 크게 실망했다.

이때부터 멸만흥한(滅滿興漢)을 기치로 내건 반정부 세력이 발호하기 시작했다. 청나라의 국가 장악력이 급격히 흔들리면서 대륙 전체가 지각변동을 일으키게 된 것이다.

반면에 일본은 국가 위상에 급격히 상승했다. 아울러 배상금은 국가 발전에 큰 도움이 되었다.

이러한 변화와 무관하게 대한제국은 조금의 흔들림 없이 발전했다.

청일전쟁이 끝나고 한 달 후.

대진이 내각회의에 참석했다.

연초 내각이 대폭 개편되었다. 이 개편으로 마군 출신들이 더 많이 내각에 진출했으며 수상도 국방대신이었던 장병익이 취임했다.

장병익이 먼저 발언했다.

"청일전쟁이 본국에 별다른 피해 없이 마무리되었습니다. 우리로서는 다행이라 할 수 있는 상황이지요. 그럼에도 여러 분을 모신 까닭은 청일전쟁 이후의 상황을 점검하기 위해서입니다."

외무대신 장상태가 나섰다.

"일본의 승리는 예상되었던 사안입니다. 다행히 이 후작 님의 중재로 전쟁이 더 확산되지도 않았고요. 우리 대한제국 으로선 최선의 결과할 수 있는 상황입니다."

장병익이 국방대신을 바라봤다.

"국경과 해안 방어에는 별문제가 없지요?"

국방대신 지광천이 대답했다. 지광천은 장병익의 여단장 시절 참모장 출신이다.

"그렇습니다. 청국과의 국경은 그 어느 때보다 안정되어 있습니다. 해안 지역도 마찬가지고요."

"다행이군요."

이어서 각 부서별로 업무 추진 상황과 점검이 이어졌다. 그런 말미에 문부대신 심의현이 나섰다. 심의현은 백령도함 의 군의관 출신으로 대한제국 공교육의 기틀을 잡는 데 지대 한 공적을 세워 왔다.

"나라가 안정되면서 국민들의 학구열이 폭발적으로 증대 되고 있습니다. 놀랍게도 얼마 전부터 중학생을 대상으로 과 외까지 생겨날 정도로요."

회의장이 술렁였다.

대한제국은 고등학교부터 시험을 보고 진학하게 되어 있었다. 그럼에도 지금까지는 과외가 공론화된 적이 단 한 번도 없었다.

공업대신 홍종현이 거들었다.

"심 대신님의 말씀대로 과외가 확산되고 있는 것은 분명한 사실 같습니다. 얼마 전부터 아내가 아이들의 장래를 위해서라도 과외를 시켜야 한다는 말을 할 정도이니까요."

장병익이 너털웃음을 지었다.

"허허! 걱정이군요. 벌써부터 과외가 성행할 조짐을 보이고 있으니 말입니다."

문부대신 심의현이 동조했다.

"에, 맞습니다. 그렇다고 무작정 막을 수는 없는 일이어서 고민이 많습니다."

대진이 나섰다.

"어떻게 보면 자연스러운 현상이라고 할 수 있습니다. 그런 현상을 제재하려다 보면 오히려 역효과가 나지 않겠습니까?"

상무대신 강인원이 우려했다.

"과외를 허용하면 빈익빈부익부 현상이 심화되지 않을까요?"

내무대신 박정양도 나섰다. 박정양은 일본공사로 오래 재임하다 귀국해 내무대신이 되었다.

"이전에 과거를 볼 때도 스승을 모셔다 가르침을 받아 왔습니다. 그런 전통이 지금의 과외로 이어지는 것은 어쩌면 자연스러운 현상입니다. 그리고 집안이 어려운 대학생들에게 학비 마련의 기회를 제공해 준다는 장점도 있음을 간과해서는 안 된다고 생각합니다."

박정양은 마군 출신이 아니다. 그럼에도 누구보다 개혁적인 성향이어서 이런 말을 한 것이다.

반면에 마군 출신들은 사교육의 폐단을 너무도 잘 알고 있었다. 그래서 과거가 발흥한다는 말에 하나같이 우려를 표명하고 나선 것이다.

그러나 대진은 달랐다.

"너무 우려하지 않았으면 합니다. 우리가 걱정하는 것은 과외가 아니라 사교육이 활성화되는 것 아닙니까?"

심의현이 반문했다.

"이 후작께서는 과외는 사교육이 아니라고 보시는 겁니까?"

"저는 그렇게 생각합니다. 물론 과외도 사업화될 소지가 있지는 않습니다. 하지만 거의 모든 과외는 대학생들의 학자금 마련을 위한 것입니다. 그런 학생들의 열정을 막아서는 안 된다고 생각합니다."

박정양이 거들었다.

"옳은 말씀입니다. 우려되는 부분이 있다고 해서 정상적인 활동을 막아서는 안 됩니다."

장병익이 정리했다.

"그러면 대학생들의 과외 활동은 묵인하는 것으로 정리하지요."

"그게 좋겠습니다."

대진이 제안했다.

"국력이 신장되면서 국민들의 여가 활동이 크게 늘었습니다. 아울러 축구를 비롯한 각종 체육 활동에 참여하는 인구도 대폭 늘었고요. 그래서 저는 이번 기회에 국민들의 체육 활동을 권장하고 여가선용을 위한 체육대회를 개최했으면 합니다."

모두의 시선에 쏠렸다.

문부대신 심의현이 동조했다.

"이 후작의 말씀이 맞습니다. 우리는 그동안 국가 발전이란 명제 하나만을 너무 고집한 경향이 없지 않습니다. 덕분에 국가 경제는 제법 반석 위에 올랐지만 다른 부분, 특히 스포츠와 관련해서는 조금 소홀한 부분이 없지 않습니다. 다행히 10여 년 전부터 축구를 비롯한 여러 스포츠가 자생적으로 발전하며 활성화되고 있기는 합니다만."

한상태도 동조했다.

"저도 체육대회 개최에 찬성합니다. 나라가 발전하고 국민들의 소득수준이 높아지면 여가선용은 필수입니다. 여가선용에는 여러 방법이 있겠지만 스포츠는 국민의 복리증진에도 꼭 필요한 부분이어서 나라에서 적극 권장해야 하지요."

장병익도 인정했다.

"좋은 생각입니다. 그러면 무슨 종목이 좋을까요? 아니면 전국체전을 개최할까요?"

대진이 다시 나섰다.

"아직 모든 스포츠가 활성화되지는 않았습니다. 그래서 누구나 좋아하는 종목을 먼저 시작하는 것이 좋을 것 같습니다. 그렇게 열린 경기가 국민들의 관심을 끌게 되면 그것을 확산하면서 다른 종목도 육성하시지요."

"좋은 생각인데 무슨 종목이 좋겠나?"

대진이 제안했다.

"저는 축구가 제격이라고 생각합니다. 축구는 경기규칙도 간단하고 군에서도 전투 체력으로 적극 육성하고 있습니다. 그 바람에 요즘 시중에서 선풍적인 인기를 끌고 있는 것으로 압니다."

여러 사람이 여기에 동조했다.

대진이 말을 이었다.

"그래서 축구 활성화를 위해 요양, 평양, 한양 세 도시의 대항전을 먼저 열었으면 합니다. 다행히 세 도시에는 축구팀이 있어서 선수 선발도 큰 문제가 없습니다. 세 도시의 대항전이 열리면 엄청난 반향을 불러일으킬 것이 분명합니다."

상무대신 강인원은 축구광이다.

3장

대진의 제안이 떨어지자마자 강인원이 적극 찬성했다.

"아주 좋은 말씀입니다. 요양과 평양, 한양은 우리 대한제국의 대표 도시입니다. 그런 세 도시의 양을 따서 삼양축구대회를 개최하는 겁니다. 모르긴 해도 삼양축구대회가 열리면 엄청난 인파가 몰릴 것입니다."

대부분의 대신들이 동조했다.

이때 공업대신 홍종현이 손을 들었다.

"우리 대한제국은 아쉽게도 대형 경기장이 없습니다. 기왕 국가적인 대회를 개최하려면 각 지역에 제대로 된 경기장이 있어야 하지 않겠습니까?"

내무대신 박정양이 즉각 거들었다.

"찬성입니다. 앞으로 전국 규모의 체육대회를 개최하기 위해서라도 대형 경기장 건설은 필수입니다."

장병익이 동의했다.

"좋습니다. 체육시설을 건설하는 것은 내수경기 활성화에도 도움이 되니 저도 적극 찬성합니다. 재무부에서는 건설부와 협의해 관련 예산을 산출해 보시기 바랍니다."

"알겠습니다."

대진이 대안을 제시했다.

"경기장 건설에는 2~3년의 시간이 걸립니다. 그러니 당분간은 넓은 공한지를 활용했으면 합니다. 또한 그렇게 치르는 경기는 무료로 관람하도록 해 주민들의 여가선용에 도움을 주면서 대회 활성화를 유도하지요."

이 제안에 모두가 적극 동조했다.

이날의 내각회의는 다음 날 모든 신문의 1면을 장식했다. 주민들은 삼양축구대회가 열린다는 사실에 놀라면서 큰 관심을 보였다.

관심은 선발전부터 열기를 뿜었다.

각 도시에는 크고 작은 축구단이 조직되어 있었다. 선수단은 전부가 아마추어였지만 열의만큼은 여느 프로선수보다 더했다.

처음으로 조직된 도시 대표였다. 그래서 몇 차례의 평가전이 열렸으며 그때마다 관중이 모였다.

대한제국 최초의 선발전이다.

그래서 신문도 평가전마다 기자를 파견해 취재했다. 그 바람에 주민들의 관심은 폭증했으며 최종 선발전에는 엄청난 관중이 모였다.

그렇게 해서 세 도시의 대표가 선발되었다. 그리고 볕이 아직은 따가운 가을 요양에서 요양과 평양의 첫 경기가 열렸다.

이 경기는 1-1로 비겼다.

일주일 후.

한양에서 두 번째 경기가 열렸다.

한양과 평양 간의 경기였다. 이 경기는 따로 경평전(京平戰)이라 불리며 엄청난 관중이 몰려들었다. 이 경기에서는 한양이 2-1로 승리했다.

다시 일주일 후.

요양에서 열린 요양과 한양 간의 경기에서 한양이 3-1로 승리했다.

그리고 다시 일주일 후.

2위를 결정하는 경기에서 평양이 1-0으로 승리했다.

최종 결과 한양이 승리했다.

승리한 한양선수단은 황궁을 방문해 황제에게 직접 승리 메달을 수여받았다. 이 또한 이례적이어서 무수한 기자들의 카메라 세례를 받아야 했다.

그런 다음 날 선수단이 귀환했다.

이날 한양은 환영 인파로 가득했다.

선수 선발을 비롯한 3개월 동안 축구 열기는 대한제국을 뒤덮었다. 그 열기가 꺼지기 전에 대한체육회와 함께 10여 개의 경기단체가 동시에 발족했다.

축구단도 우후죽순 생겨났다.

대한축구협회는 이런 축구단을 중심으로 국내 리그를 만들었다. 그리고 1896년 봄 제1회 대한축구리그가 정식으로 발족했다.

대한제국에서 처음으로 열리는 전국 단위의 체육행사였다. 축구는 이미 오래전부터 군대를 통해 모든 국민들에게 친숙해져 있었다.

더구나 지역 간의 경쟁까지 은근하게 유도되는 상황이었다. 덕분에 축구리그는 첫 회부터 폭발적인 인기를 끌었다.

축구리그는 1년 내내 열렸다.

그런 와중에 제1회 올림픽이 그리스 아테네에서 열렸다.

대한제국은 올림픽이 열린다는 사실을 알고 있었다. 그런데 올림픽조직위원회에서 초청장을 보내지 않았다.

그 때문에 올림픽에 참여하지 않았으나 이해는 1년 내내 스포츠 열기가 온 나라에 가득했다.

그런 11월 대한리그의 승자를 가리는 결승전 단판승부가 요양에서 열렸다.

결승 상대는 요양과 한양이었다.

한양축구단은 이미 삼양축구대회에서 우승한 경력이 있었다. 반면 요양축구단은 한양과 평양에 당한 연패를 설욕하기 위해 이를 갈았다.

이 경기를 보기 위해 엄청난 인파가 특설 운동장에 모였다. 이 중에는 유럽 각국의 외교관들도 대거 포함되어 있었다.

대진도 특설 운동장을 찾았다.

아직은 정규 운동장이 건설 중이었다. 그래서 경기장은 모래밭이 펼쳐진 강변에 마련되었다.

그런 특설 운동장에는 비록 가건물이지만 상당한 넓이의 중앙 단상이 마련되어 있었다.

대진은 운동장에서 서양 외교관들과 반갑게 인사를 나눴다. 그러다 축구에 진심인 영국총영사 존 뉴웰 조던(John N. Jordan)과도 반갑게 인사를 나눴다.

영국은 오랫동안 재임하던 해리 파크스가 이임(移任)하고 몇 번의 공사가 교체되었다. 그러다 금년 초 오코너 공사가 이임(莅任)하면서 아직 신임 공사가 부임하지 않고 있었다.

그러던 금년 6월 존 조던이 총영사로 부임하며 대리공사를 맡고 있었다. 존 조던은 20여 년 동안 청국에 재임하였기에 대한제국에 대해 잘 알고 있는 외교관이다.

존 조던이 먼저 대진에게 인사했다.

"오랜만에 뵙습니다. 후작님께서 관람을 나오셨을 줄은 몰랐습니다."

"반갑습니다, 총영사님. 최초의 국내 리그의 승자를 가리는 경기이니 당연히 나와 봐야지요."

"후작님께서도 축구를 좋아하시나 봅니다."

대진이 주저 없이 고개를 끄덕였다.

"물론이지요. 우리나라 남자들은 대부분이 군대를 갑니다. 그런데 군대에 가면 전투 체력 배양의 일환으로 축구를 하다 보니 축구를 싫어할 수가 없지요."

"오! 그렇습니까?"

"예, 영국도 국내 리그가 활성화되어 있지요?"

존 조던이 격하게 고개를 끄덕였다.

"물론이지요. 우리 영국이 4개의 연합왕국이라는 사실은 후작님께서도 아시지요?"

"물론입니다. 잉글랜드와 웨일즈, 스코틀랜드와 아일랜드 아닙니까?"

"그렇습니다. 30여 년 전 영국에는 축구협회가 발족했지요. 그리고 4개 지역에 각각의 축구리그를 발족했고요. 그때부터 지금까지 꾸준히 리그가 펼쳐지고 있답니다."

"유럽의 다른 나라도 축구대회를 개최합니까?"

존 조던이 고개를 저었다.

"아직까지 우리 영국이나 한국처럼 전국적이고 체계적인 대회를 개최하는 나라가 없는 것으로 압니다."

"그렇군요."

대화를 하는 도중 경기가 시작되었다. 경기는 시작부터 절치부심의 요양축구단과 수성의 한양축구단이 일진일퇴의 공방전을 벌였다.

대진은 그런 모습에 환호를 내지르며 응원을 보냈다. 존 조던도 좋은 장면이 나올 때마다 아낌없는 박수와 환호를 보냈다.

그러다 전반이 득점 없이 끝났다.

대진이 관람 소감을 밝혔다.

"지난해 삼양축구대회보다 훨씬 박진감이 넘치네요."

존 조던도 동조했다.

"예, 이 정도로 멋진 경기가 펼쳐질 줄은 몰랐습니다. 비록 전반전이지만 최고의 경기였습니다."

대진이 슬쩍 말을 돌렸다.

"요즘 카리브해가 많이 시끄럽던데, 귀국은 거기에 관련이 별로 없지요?"

존 조던이 반문했다.

"지난해부터 시작된 쿠바 독립전쟁을 말씀하시는 겁니까?"

"그렇습니다."

대진의 답을 들은 존 조던은 분명히 밝혔다.

"전혀라고 해도 될 정도로 없습니다."

"그러시군요."

"그런데 왜 후작님께서 그 일을 거론하시는 겁니까?"

"쿠바 독립전쟁이 쿠바와 스페인의 문제로 끝날 것 같지 않아서요."

존 조던이 바짝 긴장했다.

"그게 무슨 말씀입니까? 혹시 우리나라가 참전할 거라고 예상하시는 겁니까?"

대진이 급히 고개를 저었다.

"그러지는 않겠지요. 카리브는 지금까지 스페인의 권역이었고 귀국을 비롯한 프랑스와 네덜란드 등이 한 발씩 걸치고 있는 복마전임을 저도 잘 압니다. 그런 진흙탕에 식민지가 많은 귀국이 구태여 발을 들이밀지는 않겠지요."

존 조던도 동조했다.

"정확히 보셨습니다. 우리 대영제국은 카리브에 별 관심이 없습니다. 더구나 쿠바는 미국도 깊숙이 관여되어 있어서 더 그러하고요."

"역시 영국은 아프리카 분할에 더 관심이 많았군요."

존 조던이 고개를 갸웃했다.

"그렇습니다. 그런데 이상하군요. 국제 정세에 누구보다 밝은 후작님께서 왜 그 문제를 거론하시는지요?"

"저는 이번에 발생한 쿠바 사태가 태평양까지 밀려올 것으로 예상하고 있습니다."

존 조던이 바짝 긴장했다.

"그게 무슨 말씀입니까?"

대진의 목소리가 낮아졌다.

"듣는 사람이 많으니 잠시 자리를 옮기실까요?"

존 조던이 고개를 돌렸다. 그러자 주변에 있는 외교관들의 하나같이 귀를 쫑긋하고 있는 모습이 눈에 들어왔다.

존 조던이 바로 일어섰다.

"좋습니다. 그렇게 하지요."

잠시 후.

두 사람은 중앙 단상 뒤에 마련된 방에 마주 앉았다. 두 사람이 자리에 앉자 기다렸다는 듯 홍차가 나왔다.

대진과 존 조던은 짧게나마 홍차를 주제로 한담을 나눴다. 그러다 존 조던 총영사가 먼저 본론을 꺼냈다.

"방금 무슨 근거로 그런 말씀을 하신 겁니까?"

대진이 딱 잘랐다.

"우리 대한제국은 미국이 쿠바 사태에 개입할 거라고 예상합니다."

"아! 그렇습니까?"

"총영사님께서도 아시다시피 미국은 쿠바에 막대한 자금을 투입하고 있지요. 그래서 쿠바에서는 세금만 걷어 가는 스페인보다 미국에 큰 호감을 갖고 있고요. 이번에 벌어진 쿠바 독립전쟁도 그런 연장선상에서 발생한 일 아닐까요?"

존 조던도 동조했다.

"일리가 있는 분석입니다. 제1차 쿠바 독립전쟁이 끝나고 지난 20여 년 동안 미국 자본이 쿠바로 엄청나게 유입되었지요. 그 결과 설탕과 담배 산업에서 미국 자본이 절대적인 위치를 점하게 되었지요."

"그렇습니다. 그런 상황에서 발생한 2차 독립전쟁은 스페인을 분명 나락으로 빠트릴 것입니다. 국력이 쇠잔해진 스페인은 이전처럼 전쟁을 오래 끌고 가지 못합니다. 그러한 틈을 미국이 가만히 두고 보지 않을 것이고요."

"그런 이유로 미국이 때를 봐서 개입할 거라고 확신하시는 거군요."

"그렇습니다. 만일 미국이 쿠바 독립전쟁에 개입한다면 어떻게 되겠습니까?"

존 조던이 주저 없이 대답했다.

"스페인은 절대 미국을 이기지 못합니다."

"그렇습니다. 미국이 스페인과의 전쟁에서 승리하게 되면 쿠바는 물론이고 푸에르토리코 등이 독립하거나 미국의 속령이 되겠지요. 그리고 그렇게 되면 아시아와 태평양에 있는 스페인 식민지는 어떻게 되겠습니까?"

존 조던이 탄성을 터트렸다.

"아! 후작님께서는 그 부분을 걱정하시는군요."

"그렇습니다. 지금까지 미합중국은 먼로주의에 따라 아메리카 중심주의를 펼쳐 왔습니다. 쿠바 사태도 그 일환으로 개입하는 것이고요. 그런데 스페인이 미국과의 전쟁에서 패하면 필리핀과 태평양에 있는 스페인 식민지가 붕 뜨게 됩니다. 그것을 미국이 그냥 두고 보지는 않을 것이 분명합니다. 그렇지 않겠습니까?"

존 조던의 표정이 심각해졌다.

"귀국이 필리핀으로 진출하겠다는 말씀입니까?"

대진이 고개를 저었다.

"그렇지 않습니다. 본국은 그런 생각을 조금도 하지 않습니다."

"그런데 왜 이런 질문을 하시는 겁니까?"

"저는 귀국에 최선의 태평양 정책이 무엇인지를 질문하고 싶습니다."

"우리 대영제국에 최선의 정책이오?"

대진이 크게 고개를 끄덕였다.

대진이 대답했다.

"그렇습니다. 귀국은 지금까지 프랑스와 경쟁하며 남태평양의 여러 군도에 진출해 있습니다. 그러나 섬이 많지 않은 북태평양에는 거의 진출해 있지 않는 상황이지요. 그뿐이 아니라 하와이에서도 점차 철수하는 경향이고요."

존 조던도 인정했다.

"인정합니다. 우리는 남태평양을 경영하는 것만으로도 충분합니다. 그리고 북태평양에는 귀국을 비롯한 일본 등이 있어서 공연한 분란을 일으키고 싶지 않았지요."

대진도 동의했다.

"그렇겠지요. 귀국의 국익을 위해서도 인도를 비롯한 대륙 경영이 훨씬 도움이 되겠지요."

"부인하지 않겠습니다."

"총영사님께서도 아시겠지만 본국은 그동안 북태평양의 여러 섬을 확보해 왔지요. 그런 우리의 움직임을, 귀국도 지금까지 묵인해 왔고요."

존 조던이 인정했다.

"맞습니다. 우리는 동양 국가 중에서 귀국을 가장 중요하게 생각하고 있습니다. 그래서 많은 부분에서 협조해 오고 있었지요."

"그 점에 대해서는 우리도 감사하고 있습니다. 그런데 만일 미국이 스페인과 전쟁을 벌이고 또 승리하면서 필리핀 등으로 진출하게 된다면 어떻게 하실 것입니까?"

존 조던이 바로 답을 못 했다.

그러던 그가 정리했다.

"……쉽게 대답할 수 없는 문제군요. 그리고 무엇보다 아직 일어나지 않은 일을 갖고 무어라 답하는 것은 옳지 않다고 생각합니다."

대진이 당부했다.

"총영사님의 입장에서는 그러시겠지요. 우리 대한제국은 영국이 미국과 남다른 관계인 점을 잘 알고 있습니다. 그래서 많은 부분에서 협조하고 있다는 사실도요. 하지만 훗날 필리핀과 마리아나군도 등의 스페인의 태평양 식민지에 대한 문제가 발생하면 중립을 지켜 주셨으면 합니다."

"중립이요?"

"예, 누구의 편도 들어 주지 않으셨으면 합니다."

"으음!"

대진이 강조했다.

"우리 대한제국은 지금까지 영국과 모든 일에서 협조해 왔습니다. 그러면서 많은 도움도 받은 것이 사실이고요. 그래서 홍콩 발전을 위해 누구보다 많은 투자를 하고 있고 상해도 마찬가지지요."

존 조던도 인정했다.

"저도 그런 사실을 잘 알고 있습니다. 그런데 귀국이 필리핀에 대한 욕심이 없다면 미국의 진출을 동의해 주어도 되지 않습니까?"

"필리핀은 지정학적으로 중요한 위치에 자리하고 있습니다. 그런 필리핀을, 우리가 관심이 없다고 해서 무조건 동의해 줄 수는 없지요."

"바라는 것이 있습니까?"

대진이 즉답하지 않았다.

"있지만 지금은 말씀드릴 수가 없습니다. 그러나 귀국의 국익에 절대 반하지 않는다는 점은 분명히 밝히는 바입니다."

존 조던이 고개를 끄덕였다.

"알겠습니다. 당장은 후작님의 말씀에 대한 답변을 드릴 수는 없습니다. 하지만 후작님의 예상대로 미국과 스페인이 전쟁을 벌인다면 반드시 귀국의 입장을 본국에 전달하겠습니다."

"그렇게 해 주십시오."

대화를 나누는 동안 몇 차례 함성이 터졌다. 대진이 웃으며 대화를 마무리하고서 권했다.

"이런, 저 때문에 홍미 있는 경기를 보지 못하고 있었군요. 어서 가시지요. 저도 어디가 우승하는지 궁금합니다."

"그렇게 하시지요."

두 사람이 다시 단상으로 나왔다. 그러자 전광판에는 1-1 이라고 스코어가 기록되어 있었다.

대진과 존 조던이 나오고 얼마 지나지 않아 한양축구단이 결승골을 터트렸다. 요양축구단을 응원하던 사람들은 엄청난 탄식을 터트렸고 경기는 얼마 가지 않아 끝났다.

최초의 우승은 한양이 차지했다.

연패를 경험한 요양시민들은 낙심했다. 그 바람에 일부 관중이 볼썽사나운 모습을 연출했으나 대부분은 승자를 성원해 주었다.

그 모습에 존 조던이 놀랐다.

"대단하네요. 아무리 첫 대회라고 해도 적지에서 우승을 했는데 그것을 성원해 주다니요. 우리 영국이었다면 뭐가 날아와도 날아왔을 터인데요."

대진이 흐뭇해했다.

"그만큼 시민 의식이 성숙해졌다는 의미지요. 우리 대한제국은 이번 대회를 개최하면서 응원 문화에 대해 홍보와 교육을 실시해 왔지요. 그게 저런 형태로 구현되고 있네요."

존 조던은 몇 번이고 고개를 끄덕였다.

온 나라가 반년여 동안 환호하던 축구대회가 성황리에 끝났다. 시민들은 대회가 끝났음을 아쉬워하면서도 내년을 기약하며 본업으로 돌아갔다.

이러한 대한제국과 달리 독립운동을 시작한 쿠바는 스페인을 상대로 격렬하게 저항했다. 그러한 저항은 해를 넘기면서 교착 상태에 직면하게 된다.

독립운동을 이끌던 지도자들이 연이어 전사했기 때문이다. 그럼에도 항쟁을 지속할 수 있었던 것은 미국의 지원 덕분이었다.

쿠바는 이미 경제적으로 미국에 거의 예속되어 있었다. 그런 쿠바를 미국 자본가들은 음양으로 지원해 주었다.

그런 와중에 쿠바 독립을 지지하는 윌리엄 매킨리가 미국 대통령이 되었다. 그런데 새롭게 부임한 스페인의 쿠바도독은 악랄한 정책을 펼쳐 10만여 명을 죽게 만들었다.

상황은 1897년이 되면서 더 악화되었다. 그런데 쿠바 독립을 지지하며 대통령이 된 매킨리는 정작 스페인과의 전쟁에는 회의적이었다.

그렇게 한해를 지지부진하게 보낸 이듬해인 1898년 2월 15일. 쿠바의 아바나에서 돌발 상황이 발생했다.

아바나항에 정박해 있던 미국 순양함 메인호가 폭발하면서 침몰한 것이다. 이 사고로 261명의 승조원이 사망했다.

순양함의 침몰도 큰일이지만 엄청난 인명피해로 미국 여론은 급속히 악화되었다. 여기에 침몰의 원인이 스페인이라는 소문이 돌면서 참전 여론이 들끓기 시작했다.

상황은 곧바로 대한제국에 전달되었다.

대한제국은 지난해부터 쿠바 상황을 주시해 오고 있었다. 그러다 메인호의 폭발 소식을 듣자마자 내각회의를 소집했다.

총리의 발언에 이어 국방대신이 나섰다.

"예상대로 미국과 스페인의 전쟁이 초읽기에 들어섰습니다. 그에 따라 우리의 대응이 필요한데 우리가 세웠던 전략 중에서 어느 것을 시도하면 좋겠습니까?"

대진이 나섰다.

"제가 먼저 영국총영사를 만나 보겠습니다. 그런 뒤 스페인공사를 만나 영토 매각 협상을 시작해 보겠습니다."

"시기가 너무 이르지 않을까요?"

"전쟁이 발발하고 난 후에 스페인공사를 만나면 미국이 반발할 우려가 있습니다. 하지만 우리가 먼저 협상을 시작하면 나중에라도 미국의 반발에 대응할 수 있게 되지 않겠습니까?"

외무대신 한상태가 바로 알아들었다.

"명분을 미리 축적해 두자는 말이군요."

"그렇습니다. 지금의 스페인의 국력으로는 어떤 수단을 강구해도 미국을 이길 수 없습니다. 그렇다면 우리 예상대로 카리브의 쿠바와 푸에르토리코는 미국에 넘어갈 수밖에 없을 것입니다. 아울러 아시아와 태평양에 있는 식민지도 사상누각이 될 것이고요. 현명한 사람이라면 이런 예상을 분명하고 있을 것입니다."

장병익이 동의했다.

"좋습니다. 그러면 이 후작이 영국공사와 스페인공사를 차례로 만나 보세요. 앞으로의 대처 방안은 그 후에 다시 논의하기로 합시다."

"예, 총리님."

대진은 바로 영국총영사를 만났다.

존 조던도 영국총영사도 카리브의 상황을 전달받고 있었다. 그래서인지 대진의 방문을 기다리고 있었다.

존 조던이 먼저 입을 열었다.

"후작님의 예상대로 전개되는군요."

"예, 미국 순양함의 사고는 안타까운 일이지만 제 예상대로 되었네요."

"미국 신문에서는 미국 순양함이 폭발한 것은 스페인의 짓이라고 하던데 그 추측이 맞을까요?"

대진이 고개를 저었다.

"원인은 모르겠습니다. 하지만 가뜩이나 쿠바 독립 세력에 절반의 땅을 내준 스페인이 자충수를 둘 리는 만무하다고 생각합니다."

존 조던도 격하게 동조했다.

"그렇지요. 나도 지금 같은 상황에서 스페인이 미국의 개입을 불러일으킬 짓을 벌이지는 않았을 거라고 예상합니다. 그러면 미국의 자작극일까요?"

대진이 고개를 저었다.

"저는 그도 아니라고 봅니다. 이번에 침몰한 메인호는 건조된 지 겨우 3년 된 함정입니다. 그것도 6,000톤급이 넘고요. 더구나 인명피해도 261명이나 됩니다. 만일 미국이 자작극을 벌일 거였다면 처음부터 규모가 작은 노후 선박을 보냈을 겁니다."

"맞는 지적입니다. 아무리 참전 명분을 찾고 있는 미국이라고 해도 신형 전함에 자국민을 261명이나 희생시키지는 않았겠지요. 그러면 침몰 원인은 불명이라고 해야겠네요."

"그렇지요. 그러나 미국의 참전 원인을 제공했다는 점만은 분명한 사실입니다."

존 조던도 인정했다.

"그렇지요. 미국의 현지 여론으로 봤을 때 참전을 안 할 수가 없게 되었습니다."

"그래서 제가 총영사님을 찾아뵙게 된 것입니다."

"으음!"

존 조던은 지난해 대진과의 대화를 떠올렸다. 잠시 고심하던 그가 질문했다.

"귀국은 필리핀에 관심이 없다고 했습니다. 그러면 귀국이 바라는 바가 무엇입니까?"

"우리는 괌을 비롯한 스페인의 태평양 영토를 매입하고 싶습니다."

존 조던이 놀라 반문했다.

"스페인의 태평양 영토라고요?"

"그렇습니다. 본국은 유구를 비롯해 태평양 일대에 소립원제도와 몇 개의 독립된 섬을 갖고 있지요. 그런 우리에게 괌을 비롯한 마리아나제도와 다른 스페인 영토는 연계성이 아주 크지요."

"흐음! 후작님께서는 스페인이 무조건 패전할 거라 예상하는군요."

대진이 부인하지 않았다.

"그건 이미 공공연한 비밀이 아닐까요?"

"필리핀의 마닐라에는 상당한 규모의 스페인 함대가 주둔해 있습니다."

"그건 우리도 알고 있지요. 마닐라에는 장갑순양함 2척과 순양함 5척, 수송선 1척이 주둔해 있는 것으로 알고 있습니다. 반면에 미국은 홍콩에 6척의 함대가 주둔해 있고요."

"잘 알고 계시는군요. 만일 양측의 해전이 벌어지면 스페인도 만만치 않을 것 같은데요."

대진이 웃으며 고개를 저었다.

"함정 숫자가 많다고 반드시 해전에서 승리하지는 않는다는 사실은 총영사님도 잘 아실 터인데요."

존 조던이 얼굴을 붉혔다.

"그렇기는 하지요."

대진이 설명했다.

"미국은 전부가 신예전함입니다. 더구나 스페인 함대보다 톤수도 큰 장갑순양함이 4척이나 포함된 함대입니다. 그런 미국 함대를 스페인 함대가 당해 내지 못하는 것은 불문가지입니다."

"으음!"

"마닐라에 주둔해 있는 함대가 궤멸된다면 스페인은 필리핀을 지킬 여력이 없어집니다. 더구나 필리핀은 요즘 쿠바처럼 독립전쟁이 벌어지고 있어서 더욱 문제지요."

존 조던이 한숨을 내쉬었다.

"후우! 철저하게 조사하셨군요."

"필리핀은 본국 영토인 대만과 접해 있는 곳입니다. 당연히 관심을 갖고 지켜보고 있었지요."

존 조던이 고개를 끄덕였다.

"알겠습니다. 후작님의 말씀을 본국에 전해 답변을 받겠습니다."

"기대하겠습니다. 거듭 말씀드리지만 영국은 이번 일에 절대 중립을 지켜 주시면 고맙겠습니다."

"그 말씀도 꼭 전하겠습니다."

영국총영사를 마치고 나온 대진은 스페인공사관을 방문했다. 스페인은 대한제국과 의외로 늦게 수교했다. 그래서 페르난도 로페즈 스페인공사는 초대공사로 몇 년째 재임하고 있었다.

"오! 어서 오십시오, 후작님."

"오랜만에 뵙습니다, 공사님."

두 사람은 반갑게 악수를 나눴다.

"우리 공사관에는 어쩐 일이십니까?"

"공사님께 제안을 드릴 일이 있어서요."

페르난도 로페즈가 고개를 갸웃했다.

"이상한 말씀이네요. 후작님과 저는 별다른 만남이 없었는데 제안을 하시겠다니요?"

"개인적인 제안은 아닙니다. 제가 하는 제안은 국가 대 국가의 제안입니다."

비록 수교는 했지만 대한제국과 스페인은 별다른 교류가

없었다. 그런데 갑작스럽게 국가적인 제안을 한다는 말에 로페즈는 자세를 바로 했다.

"그렇습니까? 말씀해 보시지요. 무슨 제안인지 갑자기 궁금해지네요."

"공사님께서는 쿠바에서 일어나고 있는 일을 알고 계시지요?"

로페즈의 안색이 대번에 굳어졌다.

"그 일은 귀국과 전혀 관계가 없습니다만."

대진이 능수능란하게 대처했다.

"예, 겉으로 보기에는 관련이 없지요. 하지만 하나하나 따지다 보면 세상일 중에 관련이 없는 것은 아무것도 없습니다."

"그럴 수도 있겠지요. 그러면 제안은 쿠바와 관련이 있는 것입니까?"

"그 때문에 파생된 제안이니 관련이 있다고 해야 하겠지요."

로페즈가 곤혹스러운 표정을 지었다. 잠시 무언가를 생각하던 그가 결심했다.

"좋습니다. 무슨 제안인지 듣고 싶습니다."

"지금 상황으로 봤을 때 스페인·미국이 전쟁을 벌이는 것은 거의 돌이킬 수 없다고 생각합니다."

로페즈가 강하게 항변했다.

"메인호는 우리 스페인이 공격한 것은 아닙니다."

대진이 두 손을 들었다.

"저도 그렇게 생각은 합니다. 그러나 진실이 무엇이든 미국의 여론이 그것을 곧이곧대로 받아들이기에는 이미 늦었다고 생각합니다."

"끄응! 그래서요?"

대진이 날카롭게 분석했다.

"만일 양국이 전쟁을 벌인다면 어떻게 될 것 같습니까? 미안한 말씀이지만 귀국이 승리하기에는 미국이 너무 강력하지 않습니까? 더구나 미국은 쿠바와 바로 접해 있는 지리적 이점도 있고요."

로페즈가 대번에 반발했다.

"그렇다고 해서 우리 스페인이 무조건 패전하지는 않습니다. 우리 스페인도 나름대로 상당한 규모의 함대를 보유하고 있어요."

"당연히 그렇겠지요. 과거의 무적함대 정도는 아니더라도 스페인은 항상 해군을 중시해 왔으니까요. 하지만 엄청나게 공업 발전을 하고 있는 미국의 군사력에는 못 미치는 것이 사실 아닙니까?"

로페즈가 더 반발을 하려 했다. 그것을 대진이 손으로 제지했다.

"저는 승패를 따지려고 온 것이 아닙니다. 처음 말씀드렸지만 저는 귀국에 제안을 하려고 찾아온 것입니다."

"……말씀해 보시지요."

"만일의 경우입니다만 귀국이 패전하게 된다면 스페인은

막대한 피해를 입게 될 것입니다. 쿠바와 푸에르토리코는 당연히 미국이 차지하게 되겠지요. 아울러 필리핀과 괌을 비롯한 태평양군도도 위태롭게 될 것이고요."

전후에 벌어질 상황을 예상해 보던 로페즈의 안색이 점점 굳어졌다. 그는 머릿속이 복잡한 표정으로 말도 제대로 못했다.

"……그래서요?"

"그래서 우리 대한제국은 만일의 경우에 대비해 귀국이 보유한 괌을 비롯한 마리아나제도를 매입하려고 합니다."

로페즈 공사가 놀랐다.

"마리아나제도를 매입하겠다고요?"

"그렇습니다."

로페즈가 바로 고개를 저었다.

"어려운 말씀입니다. 괌은 오래전부터 우리 스페인이 아메리카를 왕래하면서 사용하던 중간 기착지입니다. 그런 요충지를 매각할 수는 없습니다."

"과거였다면 그렇겠지요. 하지만 귀국의 아메리카 영토는 이미 전부가 독립했지 않습니까? 그 바람에 괌은 지금 과거의 성세를 완전히 잃어버린 상황이고요."

로페즈가 고개를 저었다.

"그래도 어렵습니다."

"만일 전쟁 와중에 미국이 괌을 강점하게 된다면 귀국은 돌려받을 수 있을까요?"

이 질문에 로페즈의 입이 딱 붙었다. 그는 고심을 거듭했으나 결과가 암담할 것이 예상되자 연신 한숨만 내쉬었다.

대진이 설득했다.

"만일에 대비하자는 겁니다. 귀국이 미국과의 전쟁에서 승리하면 우리 제안은 그대로 사장되겠지요. 하지만 전쟁에서 귀국이 패전에 직면하게 되면 이 제안은 아주 유효한 대안이 될 것입니다."

대진의 말에 로페즈가 대번에 관심을 보였다.

"대안이라고요?"

"그렇습니다. 괌은 과거보다는 못하지만 그래도 전략 요충지입니다. 전쟁이 벌어지면 그런 괌을 미국에 강탈당할 수 있습니다. 그런데 그 전에 본국에 매각하게 되면."

대진이 목소리를 낮췄다.

"이는 미국에 한 방 먹이는 결과가 되지 않겠습니까?"

로페즈의 눈이 빛났다. 그러고는 처음으로 긍정적인 대답을 했다.

"그럴 수도 있겠군요."

"그리고 매각 협상이 전쟁이 벌어지기 전에 시작해야 합니다. 그래야 미국과 문제가 생겼을 때 우리가 협상 우위에 설수 있습니다."

로페즈가 결국 동의했다.

"좋습니다. 본국에 귀국의 제안을 전달해 답변을 받아 보겠습니다."

"기왕이면 최대한 서둘렀으면 좋겠습니다. 우리가 파악하기로 쿠바에서의 상황이 별로 좋지 않습니다."

"알겠습니다."

대진이 돌아가고 로페즈는 스페인 본국으로 상황을 긴급 타전했다.

이 무렵 전화가 상당히 보급되어 유럽과도 교신이 가능하기는 했다. 그러나 아직은 통신 상황이 좋지 않아 중요 문서는 대부분 전신을 이용했다.

로페즈의 보고를 받은 스페인도 바쁘게 움직였다.

스페인은 미국과 전쟁이 벌어질 거라고 예상하고 있었다. 그리고 그 전쟁이 결코 쉽지 않을 거라는 예상도 하고 있었다.

그랬기에 만일에 대비한 방안 하나 정도는 만들어 두고 싶었다. 그래서 로페즈의 보고를 받고 며칠 되지 않아 바로 답신이 왔다.

본국의 지시를 받은 로페즈 공사가 대진을 초대했다. 지난번과 달리 초대를 받아 간 대진은 로페즈와 이틀 동안 협상을 했다.

스페인의 입장에서는 협상이 일종의 대비책이었다. 그래서 매각은 쉽게 합의했으나 방식을 놓고 이견을 보였다.

대한제국은 괌을 포함한 마리아나제도만을 원했다. 반면

스페인은 캐롤라인 제도와 팔라우까지 매각하려 했다.

그 바람에 이틀간 협상이 길어졌다.

협상은 매입 의사가 강했던 대한제국이 한발 물러서면서 결론이 났다. 대한제국은 스페인의 제안을 전부 받아들였다.

대진은 조건을 제시했다.

"이 조약의 발효는 두 가지 단서를 조건으로 하지요?"

"그게 무엇입니까?"

"우선은 스페인과 미국이 전쟁을 벌이는 것이 첫 번째입니다. 그리고 미국이 마닐라에 주둔한 스페인 함대를 격파하고 필리핀을 점령하게 되면 이 조약이 발효되는 것으로 하지요?"

스페인도 혹할 제안이었다.

로페즈가 두말하지 않았다.

"좋습니다. 그 조건이라면 우리 스페인은 무조건 찬성합니다."

대진이 이런 조건을 단 것은 매입 가격을 최대한 낮추기 위함이었다. 로페즈도 이런 대진의 내심을 알고 있었으나 조건이 워낙 스페인에 유리해 바로 수용했다.

그러면서 단서를 달았다.

"귀국의 제안을 받아들이는 대신에 매각 대금은 일시불로 지급해 주시지요."

대진이 한발 더 나갔다.

"아예 대한은행이 발행한 수표를 끊어 드리겠습니다. 지급일자는 미국이 마닐라의 스페인 함대를 격파하는 날로 하고요."

"그렇게 하시지요. 그리고 이 협상의 단서 조항은 기밀을 지켜 주었으면 합니다. 자칫 미국을 자극해서 전쟁이 확산될 우려가 있으니까요."

대진도 당연히 동조했다.

"좋습니다. 그러면 단서 조항은 계약서에 적시하지 않고 별도의 비밀 각서로 작성하시지요. 그리고 공사님의 우려도 있고 하니 조약이 성립되면 폐기하는 것으로 하고요."

로페즈가 고마워했다.

"배려를 해 주어서 감사합니다."

이렇게 매각 협상이 체결되었다.

대진은 약속대로 대한은행에서 발행한 수표를 끊어 주었다. 대한은행은 대한제국의 국력에 걸맞게 동양 최고의 은행으로 자리매김하고 있었다.

물론 수표의 지급일자는 계약대로 단서 조항이 붙어 있었다. 그렇지만 매각 협상은 수표까지 교환하면서 깨끗이 끝났다.

스페인은 이 협상이 일종의 보험이라는 생각을 갖고 있었다. 하지만 미국스페인전쟁의 결말을 알고 있는 대한제국으로선 절호의 시기에 괌과 그 일대 해양영토를 최대한 싼 가격에 매입할 수 있었다.

대한제국은 곧바로 함대를 파견했다. 파견된 함대는 태평양함대 소속 분대로, 전부가 옥포에서 건조한 3,000톤급 철선 3척과 잠함 1척이었다.

함대는 티니언섬에 정박했다.

이 섬은 사이판과 접해 있었으며 본래는 원주민이 살고 있었다. 그러나 원주민이 선교사를 살해한 것에 분노한 스페인이 원주민을 강제 이주시키면서 200년간 비워져 있었다.

그렇게 무인도가 되었으나 넓이는 상당해서 완도(莞島)보다도 넓었다. 태평양분대는 그런 섬을 끼고 돌아 정박했다.

메인호의 폭발로 촉발된 미국의 참전 여론은 결국 미국의 대통령까지 움직였다. 매킨리 대통령은 4월 11일 미국 상하 양원에 쿠바 독립전쟁 개입을 요청한다.

미국 의회에서 격론이 벌어졌다.

미국을 들끓게 한 여론에 지지를 보내는 의원이 많았다. 그러나 현실을 냉정한 시각으로 바라보는 의원도 많아 격론이 벌어졌다.

그러나 워낙 비등해진 참전 여론에 미국 상하 양원은 결의할 수밖에 없었다. 그 결과, 4월 19일 미국 의회는 쿠바 독립의 절대적 지지와 쿠바 독립을 도울 것임을 결의했다.

미국 의회 의결에 전쟁을 하겠다는 명시적 조항은 없었다. 그러나 쿠바의 독립을 도우려면 스페인과의 전쟁이 필수여서 전쟁 선포나 다름없었다.

이 소식을 들은 스페인도 4월 23일 미국에 선전포고를 한다.

이 선전포고가 도화선이 되었다.

미국은 이미 홍콩에 아시아함대를 대기시켜 놓고 있었다. 그런 미국 아시아함대는 스페인의 선전포고가 떨어지자마자 출항 준비를 시작했다.

이 움직임은 곧바로 알려졌다.

홍콩총영사로부터 보고를 받은 외무대신은 곧바로 수상을 찾았다. 수상 집무실에는 연락을 받은 국방대신과 대진도 들어와 있었다.

한상태가 보고했다.

"홍콩에 정박해 있던 미국 아시아함대가 출항을 준비하고 있다고 합니다."

장병익이 고개를 끄덕였다.

"역사가 바뀌지 않는군요. 준비하고 있던 미국이 스페인의 허를 찌르는 기습을 감행하겠네요."

국방대신 지광천이 확인했다.

"우리 함대로 막아 버릴까요?"

장병익이 고개를 저었다.

"실익이 없는 일입니다. 우리가 필리핀을 장악할 것이 아니라면 그럴 필요가 없습니다."

대진도 동조했다.

"맞습니다. 미국의 아시아함대를 막는 것은 간단합니다. 그러나 그 여파로 이번 전쟁이 이상한 방향으로 흐를 수가 있습니다. 아울러 우리가 바라던 괌을 비롯한 해양영토를 얻기가 요원해지고요."

지광천이 입맛을 다셨다.

"이 후작의 말을 들어 보니 이번은 모른 척하는 것이 좋겠군요."

대진이 상황 설명을 했다.

"그렇습니다. 이번 전쟁은 메인호의 침몰로 야기되었습니다. 그 바람에 스페인은 지금 미국은 물론 유럽 언론에서 지탄받고 있는 상황입니다. 더구나 홍콩에는 영국 · 프랑스 · 독일 함정도 정박해 있어서 이들이 해전을 참관할 가능성도 있지요."

지광천이 우려했다.

"그러면 우리가 괌과 해양영토를 매입한 것도 문제가 되지 않을까?"

대진이 웃으며 고개를 저었다.

"우리는 정당하게 매입했습니다. 더구나 전쟁 이전에 매각 계약을 체결한 것이고요. 문제가 되는 것은 스페인이겠지요."

장병익도 동조했다.

"이 후작의 말이 맞아. 우리는 메인호가 사고 나고 며칠 지나지 않아 매각 계약을 했어. 그때는 미국의 참전이 확정되기 두 달 전이잖아."

실로 미묘한 기간이었다. 대진과 장병익의 지적대로 미국은 이 시기 여론은 들끓었으나 아직 참전을 결정도 하지 않은 시기였다.

4장

지광천도 결국 인정했다.

"두 분의 말씀대로 시기는 미묘하지만 두 달은 결코 짧은 시간이 아니기는 하지요."

대진이 적극 동의했다.

"국방대신님의 말씀이 맞습니다. 그래서 지금은 미국이 마닐라를 침공하기만을 기다리면 됩니다."

"미국이 스페인 함대를 당연히 물리치겠지요? 혹시 다른 돌발변수가 발생하지는 않겠지요?"

"물론입니다."

"알겠네. 우리 국방부는 그 이후를 대비하도록 지시해 놓겠네."

"그렇게 하시지요. 저도 미국이 마닐라를 침공했다는 소식이 오면 바로 로페즈 공사를 만나서 계약을 마무리 짓겠습니다."

"그렇게 하시게."

홍콩의 미국 아시아함대는 철저하게 준비했다. 그래서 며칠 동안 보급을 마치고서 출항했다.

그리고 5월 1일.

쾅! 쾅! 쾅! 쾅!

미아시아함대는 마닐라외항에 정박해 있는 스페인 함대를 무차별 공격했다. 스페인이 선전포고를 한 지 불과 열흘도 되지 않았을 때였다.

필리핀은 전쟁터인 카리브와 필리핀은 너무도 먼 곳이었다. 그런 필리핀의 마닐라를 미국 함대가 공격할 거라고는 스페인은 예상도 못 했다.

물론 대한제국과의 매각 계획을 하면서 미국의 동향을 주시하고 있기는 했다. 그러나 필리핀을 먼저 공격할 거라고는 생각지도 않았다.

필리핀은 그동안 스페인에 있어 풍요의 땅이었다. 자원도 많고 기후도 좋았다. 더구나 허약해진 스페인도 쉽게 통치할 수 있을 정도로 저항 세력도 별로 없었다.

그래서 스페인이 수백 년 동안 어렵지 않게 통치하며 막대한 수익을 얻어 왔다.

스페인은 그동안 수많은 식민지를 잃어버렸다. 그런 스페인에게 필리핀은 카리브의 쿠바만큼 중요한 지역이었다.

그런 필리핀의 마닐라가 미국 함대의 기습공격을 받은 것이다. 미국의 공격을 예상조차 못 하고 있던 스페인 함대는 그야말로 속수무책이었다.

스페인 함대는 무력하게 무너졌다. 장갑순양함 2척과 목제순양함 5척, 그리고 수송선 1척이 연이어 격침되면서 너무도 허무하게 항복했다.

소식은 곧바로 전 세계로 타전되었다.

패전 소식을 들은 대진은 곧바로 스페인공사관을 찾았다. 페르난도 로페즈 공사의 안색은 참담 그 자체였다.

그 모습을 본 대진이 위로했다.

"안타까운 일을 당하셨습니다."

로페즈 공사가 한숨을 내쉬었다.

"하아! 설마설마했는데 필리핀이 먼저 공격당할 줄은 몰랐습니다."

"뭐라 위로의 말씀을 드릴 수가 없네요."

"아닙니다. 이런 일을 당하고 보니 귀국과의 매각 협정을 정말 잘한 것 같습니다. 만일 귀국과 협정을 체결하지 않았다면 필리핀에 이어 괌과 다른 영토도 모두 미국으로 넘어갔을 겁니다."

"그렇겠지요."

로페즈가 먼저 나섰다.

"계약을 이행하고 비밀 각서를 없애야겠지요?"

"그렇게 하려고 찾아뵈었습니다."

로페즈가 자신의 책상에 보관된 각서를 꺼냈다. 그것을 본 대진도 가져온 각서를 꺼냈으며, 두 사람은 각서를 서로 확인하고는 그 자리에서 소각했다.

"수표는 오늘 이후 언제라도 대한은행에 가면 대금을 지급해 줄 것입니다."

"유럽에서 받을 수는 없겠습니까?"

"가능합니다. 프랑스의 로쉴드은행을 찾아가면 지급해 줄 것입니다."

로페즈가 고개를 저었다.

"아닙니다. 로쉴드은행에서 수표를 교환하면 바로 소문이 납니다."

"그러면 상해나 홍콩에 있는 극동은행을 이용하시지요."

"아! 그러면 되겠군요."

대진이 확인했다.

"이 시간부로 괌을 비롯한 마리아나제도, 팔라우와 캐롤라인제도는 본국 영토가 되었습니다. 이 점을 공사님께서는 인정하십니까?"

로페즈가 대답했다.

"나 페르난도 로페즈는 고귀하신 스페인국왕 폐하의 전권을 위임받았습니다. 그렇게 위임받은 권한에 따라 귀국과의 영토 매각 협정이 성립되었음을 선언합니다."

이것으로 끝이었다. 대진이 손을 내밀었다.

"감사합니다."

"축하드립니다. 그리고 우리 스페인에 도움을 주어서 감사드립니다."

두 사람은 서로를 보며 환하게 웃었다.

스페인공사관을 나온 대진은 수상에게 상황을 보고했다.

장병익은 바로 국방대신에 태평양분대를 괌에 입항하라 명령했다. 이 명령은 제7함대의 내부 통신을 통해 바로 전달되었다.

이날 오후.

대한제국 태평양분대가 괌의 수도인 아가냐에 입항했다. 지금까지 대한제국 함대가 아가냐에 입항한 경우는 거의 없었다.

그런데 미국과 전쟁이 발발한 상황이었다. 그런 시점에서 대한제국 함대가 입항하니 아가냐가 발칵 뒤집혀졌다.

괌에는 소규모 스페인 병력이 주둔하고 있었다. 아가냐 시장은 이 병력과 함께 항구로 나갔다.

태평양분대사령관은 이들이 올 때까지 하선하지 않고 기

다렸다. 그러다 할양 협정문 사본을 건네주니 아가냐 시장은
믿으려 하지 않았다.

그러다 곧 이어진 스페인공사전문과 스페인 본국의 명령
을 받고서야 고개를 숙였다.

이런 절차를 거쳐 대한제국해병대가 아가냐에 입항했다.
이날이 미국 아시아함대가 마닐라의 스페인 함대를 격멸한
지 3일 후인 5월 4일이었다.

아가냐에 상륙한 해병대는 대대 병력이었다. 해병대대는
빠르게 괌과 아가냐를 장악해 나갔다.

이러는 동안.

미국 아시아함대는 마닐라에 병력을 상륙시켜서 스페인의
항복을 받아 냈다. 이어서 홍콩에 주둔해 있던 영국, 프랑스,
독일 함정이 마닐라로 전개해서는 미국의 필리핀 점령을 용
인했다.

참으로 어처구니없는 결과였다.

전쟁은 미국과 스페인이 벌였다.

그런데 전쟁과 관련이 없는 영국과 프랑스, 독일이 필리핀
점령을 인정한 것이다. 그 바람에 수백 년을 지배해 온 스페
인의 필리핀 통치가 명분을 잃어버렸다.

철저한 힘의 논리에 의한 결과였다.

스페인도 당하고만 있지는 않았다. 필리핀이 허망하게 미
국에 넘어가자 스페인은 본국에서 대규모 함대의 파견을 결

정했다.

그러나 이 함대가 수에즈운하를 통과할 무렵 미국에서 급보가 날아왔다. 미국의 주력함대가 스페인 본토를 노리고 기동을 준비하고 있다는 것이었다.

스페인은 여기서 주저했다.

미국의 필리핀 점령을 영국, 프랑스, 독일이 지지한 상황이었다. 이렇듯 열강들이 미국을 지지하면서 국제여론이 스페인에 극히 불리해졌다.

그런 상황을 고심하던 스페인 함대가 결국 회항을 하고 만것이다. 이 일로 필리핀에 대한 스페인의 권리는 끝난 것이나 다름없었다.

상황을 알게 된 미국은 환호했다.

그리고 두 달여 동안 필리핀의 민심을 다독이며 안정시켰다. 미국은 필리핀 사람들에게 그들의 독립을 도와주러 왔다고 했다.

스페인과 독립투쟁을 전개하고 있던 필리핀 사람들은 환호했다. 그러고는 미국의 진주를 열렬히 환영하면서 적극 협조했다.

그 바람에 미국은 별다른 저항도 없이 빠르게 필리핀을 장악할 수 있었다.

그러던 6월 하순.

미국 아시아함대 중 USS 찰스턴이 마닐라를 출항했다. 그렇게 출항한 찰스턴은 괌으로 넘어가 입항하려고 했다.

그런데 이상한 일이 발생했다.

괌의 수도인 아가냐에 생각지도 않은 깃발이 휘날리고 있었던 것이다. 그뿐이 아니라 동일한 국기를 게양한 3척의 함정이 항구에 정박해 있었다.

찰스턴의 함장은 해밀턴 중령이다.

해밀턴은 망원경으로 항구를 살피며 의아해했다.

"부장! 저기 저 깃발은 한국의 국기가 아냐?"

해밀턴의 부장도 망원경을 들고 있었다.

"맞습니다. 한국의 태극기가 맞습니다."

"그런데 한국 국기가 왜 아가냐에 게양되어 있는 거지? 그리고 항구에 정박해 있는 3척의 저 함정은 또 무엇이고?"

부장도 어리둥절했다.

"그러게 말입니다. 이거 뭔가 상황이 이상한 것 같습니다. 스페인 국기가 걸려 있어야 할 곳에 한국 국기라니요?"

"혹시 한국이 괌을 무단으로 장악한 거 아냐?"

찰스턴의 부장이 소리쳤다.

"함장님, 그러면 전쟁이지요. 우리와 스페인이 전쟁 중이란 사실을 모르는 나라가 어디 있습니까? 그런 틈을 악용해 한국이 괌을 무단 점령했다면 우리와 전쟁을 하자는 말이나 다름없는 거 아닙니까?"

해밀턴도 목소리를 높였다.

"당연하지. 이건 절대 그냥 넘어갈 사안이 아니다."

"어떻게 할까요. 바로 들어가서 확인을 할까요?"

해밀턴이 한발 물러섰다.

"아니야. 우리가 항구에 정박했다간 자칫 나포될 수가 있다. 그러면 뒷일이 아주 복잡해지니 우선 마닐라로 철수했다가 함대와 함께 다시 오는 것이 좋겠다."

"그렇게 하시지요."

퇴각 결정을 한 찰스턴은 시꺼먼 연기를 엄청나게 내뿜으며 전속으로 돌아갔다. 찰스턴이 뿜어내는 연기가 워낙 많아 그들이 행로가 괌에서 육안으로 몇 시간 동안 보일 정도였다.

마닐라로 돌아간 해밀턴 함장은 괌의 상황을 침소봉대해서 보고했다. 당연히 미국 아시아함대는 발칵 뒤집혔다.

그러나 바로 움직일 수가 없었다.

미국의 목적인 쿠바 때문이었다.

미국의 전쟁 목표는 카리브의 장악이었다. 그래서 미국 아시아함대가 필리핀을 확실하게 장악한 것을 확인한 6월 초 해군을 기동했다.

그러고는 쿠바의 관타나모에 진입해 요새를 함락시켰다. 이어서 대규모 병력을 쿠바의 동부 해안에 상륙시켰다.

미군 상륙에 스페인은 대비를 못 했다.

병력을 상륙한 미국은 연이은 전투에서 스페인을 완파했다. 이어서 7월 17일, 쿠바 독립군과 함께 요충지인 산티아

고를 함락시키면서 스페인군을 대거 포로로 잡았다.

이로써 쿠바에서의 스페인군은 소멸되었다.

필리핀의 미군은 본토 병력이 쿠바를 장악할 때까지 기다렸다. 그러다 쿠바가 장악되었다는 소식을 들은 미국 아시아함대는 주력을 괌으로 기동하려고 준비했다.

그야말로 일촉즉발의 순간이었다.

그런데 쿠바에서의 상황을 기다린 것은 미국 함대만이 아니었다. 대한제국도 상황을 예의 주시하고 있었다.

대한제국은 미국이 괌의 상황을 알게 되면 주재공사가 외무부로 항의방문이라도 할 줄 알았다.

그런데 미국은 그러지 않았다.

그 대신 쿠바 공략에 주력했다.

그러고는 공략에 성공하자마자 아시아함대를 괌으로 기동하려 했다. 이러한 미국의 조치는 대한제국과의 일전도 불사하겠다는 의미나 다름없었다.

미국도 대한제국의 군사력이 자신들에 못지않다는 사실을 잘 알고 있었다. 그럼에도 이런 판단을 하게 된 것은 대한제국이 미서전쟁의 틈을 악용해 괌을 강점했다고 판단했기 때문이다.

사실이라면 대한제국은 국제적으로 엄청난 비난을 받을 수밖에 없었다. 더불어 전쟁이라도 벌어진다면 국제연합군까지 결성할 수 있는 절대적인 명분이 있다고 생각했다.

그런 판단이었기에 대한제국과 접촉할 생각도 하지 않았다. 그 대신 폭발적으로 성장하고 있는 대한제국을 이번 기회에 제대로 밟아 주려 했다.

그러고는 막대한 배상금을 뜯어내고 눈엣가시 같던 진주만도 받아 내고 싶었다.

그런 계획하에 아시아함대를 준비시켰다.

대한제국은 미국이 항의하지 않을 때부터 미국의 속셈을 파악하고 있었다. 그래서 적절한 때를 기다렸다가 대진이 미국공사관을 방문했다.

미국공사 존 실(John M. Sill)이 굳은 표정으로 대진을 맞이했다. 그런 존 실의 옆에는 부공사인 호러스 알렌(Horace N. Allen)도 자리하고 있었다.

존 실의 표정이 냉랭했다.

"어서 오십시오, 후작님."

"그동안 잘 지냈습니까?"

존 실이 고개를 저었다.

"솔직히 잘 지내지 못하고 있습니다."

"그러시군요."

대진은 부공사인 알렌과는 오랫동안 이런저런 인연이 있었다. 그랬기에 존 실 공사보다는 더 반갑게 악수를 나눴다.

알렌은 10년을 훌쩍 넘기며 대한제국에 머무르고 있었다. 그는 처음 선교사와 의사로 입국했다.

그는 대한제국의 의료 수준이 미국보다 훨씬 열악한 것으로 알고 있었다. 그래서 자신이 활동할 공간이 넓을 거라고 짐작하며 나름대로 꿈에 부풀었다.

그런 그의 기대가 깨진 것은 입국하고 며칠 지나지 않아서였다. 그가 입국한 1883년은 이미 대한제국의 공교육이 실시되고 있을 때였다.

공교육이 실시되기 전 마군은 전국의 한의사를 모아 현대의학을 교육시켰다. 그러다 공교육이 도입되면서 대대적으로 현대의학자를 육성했다.

1883년은 그런 시간이 10년 가까이 되었을 때였다.

마군은 국민의 생활 개선을 위해 위생과 의료 선진화에 엄청난 노력을 기울여 왔다. 그 과정에서 공교육이 도입되면서 의사를 비롯한 간호사 등의 의료 인력이 쏟아져 나왔다. 여기에 의료 선진화에 필요한 각종 의료기기들이 속속 양산되었다.

덕분에 대한제국의 의료 체계는 급속히 자리를 잡아 갔다. 그러한 의료 체계는 알렌이 알고 있던 수준을 훨씬 앞서 있었다.

이런 사정을 전혀 알지 못했던 알렌은 대한제국에 설립되어 있는 각급 병원을 보고 놀랐다. 그리고 직접 행해지고 있는 의료 수준에 경악했다.

그러면서 자신의 의료 지식이 얼마나 일천한지를 절감했

다. 그런 그는 의료 기술을 전파하기는커녕 몇 년 동안 의대에 편입해 의학을 배웠다.

자신감에 차 있던 그로서는 대단한 용기였다. 그렇게 대한제국에서 의학을 다시 배운 알렌은 주변의 도움으로 병원을 개원했다.

병원을 개원한 알렌은 최선을 다했다.

그 결과 요양에 거주하는 외국인들이 가장 많이 찾는 병원으로 성장했다. 그러나 대한제국 사람들은 시설이 훨씬 좋은 국립의료원을 비롯한 각 대학병원과 민간 병원을 더 선호했다.

알렌은 이런 와중에 미국의 국익을 위해 헌신했다. 그러나 대한제국은 금광산은 물론이고 어떠한 사업권도 외국인에 내어주지 않았다.

그 바람에 알렌은 어떤 사업권도 얻지 못했다. 그리고 의료 지식이 상대적으로 부족한 그였기에 황제와도 아예 만나지 못했다.

그렇게 시간이 흘러 미국인 중에서는 대한제국에 가장 오래 머무르게 되었다. 그런 경력이 인정되어 부공사의 직책을 받고 있었다.

대진이 자리에 앉으며 슬쩍 질문했다.

"괌 문제로 기분이 많이 언짢으신가 봅니다."

존 실 공사가 부인하지 않았다.

"솔직히 그렇습니다. 우리 미합중국이 귀국에 항의하지

않은 까닭은 그만큼 분노했기 때문입니다."

대진이 손을 저었다.

"귀국이 오해를 많이 하고 있네요. 우리 대한제국은 귀국이 스페인에게 선전포고하기 훨씬 전에 괌에 대한 매입 협상을 했었습니다."

존 실 공사가 깜짝 놀랐다.

"그게 무슨 말입니까?"

대진은 그동안 진행된 스페인과의 협상을 적당히 설명했다.

"……그렇게 우리는 스페인과 협상을 체결했으며 지난 5월 4일 괌을 비롯한 주변 도서를 정식으로 인도받았던 것입니다."

존 실은 어이가 없었다.

너무도 절묘한 시기에 이뤄진 협정이었다. 그러나 그렇다고 정상적으로 체결된 계약을 항의할 수도 없었다.

"정녕 그때 매매계약을 체결했던 것입니까?"

"그렇습니다. 필요하면 계약부본은 언제라도 보여 드릴 용의가 있습니다. 그리고 본국의 미국 주재 공사가 이 사실을 전날 귀국 국무부에 통보했기 때문에 곧 이곳으로도 연락이 올 것입니다."

이때였다.

노크 소리와 함께 접견실의 문이 열리고 전신 기사가 급히 들어왔다. 그런 그의 손에는 한 장의 공문이 들려 있었다.

"공사님, 본국으로부터 긴급 전문입니다."

대진이 바로 말을 받았다.

"오! 우리의 매입 사실을 협의하느라 이제야 전문이 온 것이군요."

대진의 예상대로 전문에는 이번 사태와 관련된 내용이 적혀 있었다.

현 상태 대기. 한국 적대 금지.

내용은 몇 자 되지 않았다. 존 실은 전문을 읽으면서 대진의 말이 사실임을 알게 되었다.

굳어 있던 존 실의 표정이 풀렸다.

"다행히 워싱턴에서 현명한 선택을 한 것 같습니다. 현 상태로 대기하라고 합니다. 그뿐이 아니라 귀국과의 적대 행위도 하지 말라고 하네요."

알렌 부공사도 크게 기뻐했다.

"참으로 다행입니다. 우리 미합중국의 국익을 위해서라도 한국과는 반드시 선린 우호관계를 유지해야 합니다."

존 실도 동조했다.

"부공사의 말이 맞습니다. 본 공사도 양국의 미래를 위해 반드시 양국의 선린 우호관계가 유지되어야 한다고 생각합니다."

대진이 고마워했다.

"두 분께 진심으로 감사를 드립니다."

알렌이 고개를 저었다.

"아닙니다. 당연한 일입니다."

"병원은 운영이 잘되고 있습니까?"

알렌이 고개를 끄덕였다.

"외국인 환자들이 많아서 그럭저럭 운영되고 있습니다."

"다행이네요."

대진은 알렌을 보면서 감회가 새로웠다.

'우리가 오면서 이 사람의 인생도 완전히 바뀌었구나. 본래는 갑신정변이 일어났을 때 황후의 척족인 민영익을 살려내면서 황제에게 건의해 최초의 서양식 병원인 제중원을 설립했었다. 그러면서 황실과 가까워지면서 이런저런 이권을 미국이 챙길 수 있도록 주선했었는데, 지금은 어떠한 이권도 챙기지 못하는 처지가 되었구나.'

알렌이 질문했다.

"무슨 생각을 그리하십니까?"

"아! 알렌 부공사께서 운영하는 병원이 기왕이면 잘되었으면 좋겠다는 생각을 했습니다."

"하하하! 감사한 말씀이네요."

대진이 존 실을 바라봤다.

"공사께서는 이 사태가 어떻게 전개될 것 같습니까?"

존 실이 어깨를 으쓱했다.

"아직은 뭐라 속단할 수가 없네요. 하지만 귀국이 스페인에게 정식으로 괌 등을 매입한 사실이 확인된 이상 군사행동은 하지 않겠지요."

알렌도 동의했다.

"맞습니다. 그랬다간 귀국과의 전면전을 각오해야 하는데 워싱턴에서 그렇게 어리석은 결정을 하지는 않겠지요. 하지만 시기가 참으로 공교롭습니다."

대진이 슬쩍 말을 꼬았다.

"스페인의 고육지책이었겠지요."

존 실도 인정했다.

"그랬을 겁니다. 그렇지 않았다면 그 시기에 영토를 귀국에 매각하지 않았겠지요."

대진이 질문했다.

"그런데 귀국은 필리핀을 계속 강점할 계획입니까?"

존 실이 펄쩍 뛰었다.

"강점하다니요! 그렇지 않습니다. 우리 미합중국은 필리핀의 독립을 지원하기 위해 파병했을 뿐입니다."

"그래야지요. 필리핀은 본국의 영토인 대만, 유구와 가깝습니다. 우리 대한제국은 그런 필리핀이 또다시 서양 국가의 식민지가 되는 것에 심히 우려를 금하지 않을 수 없습니다."

대진이 은근히 미국의 필리핀 진출을 반대하는 발언을 했다. 그 말을 들은 존 실의 안색이 크게 어두워졌다.

　미국은 당연히 대한제국을 경계하고 있었다. 그래서 마닐라의 필리핀함대를 격파했을 때에도 영국, 프랑스, 독일의 지지를 일부러 받아 냈다.

　그런데 대진이 필리핀 문제를 슬쩍 거론하고 나온 것이다.

　존 실이 난감한 표정을 감추지 못하지 알렌이 급히 나섰다.

　"우리 미합중국의 마닐라 진출은 자국의 이익이 아닌 필리핀인들의 이익을 위해서입니다. 그 일환으로 이번에 파병해서 스페인을 필리핀에서 몰아낸 것이고요."

　"부디 앞으로도 그런 정책을 이어 나갔으면 좋겠습니다."

　"그렇게 될 것입니다."

　"기대하겠습니다."

　대진이 자리에서 일어났다.

　"그리고 본국의 영토가 분명한 괌과 마리아나제도 그리고 캐롤라인제도와 팔라우에 대해 더 이상의 주권 침해를 하지 않았으면 합니다. 만일 그런 일이 발생한다면 그 이후의 사태는 전적으로 미국의 책임임을 분명히 밝히는 바입니다."

　존 실의 안색이 굳어졌다.

　"귀국의 공식적인 의견입니까?"

　"그렇습니다."

　"알겠습니다. 그 의견을 본국에 보내도록 하지요."

　"그렇게 하십시오. 그럼 이만."

대진이 인사를 하고 돌아갔다.

대진을 접견실 문 앞까지 배웅한 존 실이 소파에 털썩 주저앉았다.

그가 푸념했다.

"상황이 묘하게 흘러갑니다. 칼자루를 우리가 쥐고 있는 줄 알았는데 알고 보니 칼끝이었어요."

알렌도 고개를 저으며 동조했다.

"그러게 말입니다. 양국이 우호 친선을 유지해야 하는 것은 맞습니다. 그런 관계도 우리 미합중국이 주도해야 합니다. 그런데 괌을 한국이 벌써 매입을 해 두었다니요. 이거 상황이 아주 골치 아프게 되었습니다."

존 실이 탄식했다.

"하아! 걱정이네요. 이번 기회에 한국의 콧대를 완전히 꺾어 버리려고 했는데 거꾸로 우리가 눈치를 보게 되었어요."

"한국을 무시할 수는 없겠지요?"

존 실이 고개를 저었다.

"절대 쉬운 일이 아닙니다. 한국을 애써 무시할 수야 있겠지요. 하지만 그렇게 했다가는 득보다 실이 훨씬 클 겁니다."

"그렇다면 협상밖에 없는데…… 한국이 우리의 필리핀 진출을 끝까지 반대하면 어떻게 됩니까? 그리되면 우리의 대 아시아 전략에 큰 차질이 발생하지 않겠습니까?"

존 실의 안면이 구겨졌다.

"그렇게 하지는 못할 겁니다. 아니, 그렇게 되지 않도록 만들어야지요."

"어떻게 말입니까? 누가 뭐라고 해도 아시아의 최강국인 한국입니다. 우리 미합중국의 국력이 아무리 강하다고 해도 한국과의 전면전은 절대 승패를 장담할 수 없습니다. 공사님께서도 한국의 군사력이 얼마나 강력한지 잘 아시지 않습니까?"

대한제국은 매년 한 차례 국군의날 행사를 갖는다. 그 행사에는 외교관들도 초대되는데 해마다 발전하는 대한제국의 군사력에 모두들 놀라곤 한다.

알렌이 말을 이었다.

"우리 미합중국은 아직도 군의 운송 수단은 말과 마차가 주류입니다. 하지만 한국군은 벌써부터 자동차로 바뀌었습니다. 더구나 트럭이 상용화되면서 가장 먼저 군에 보급되고 있고요."

존 실도 알고 있는 상황이었다.

"알겠습니다. 본국에 한국과는 어떠한 일이 있더라도 협상을 해야 한다는 직언을 하지요."

알렌이 당부했다.

"꼭 그렇게 해 주십시오. 그리고 한국의 군사력을 한 번 더 상기해 주시고요."

"그렇게 하지요."

존 실은 바로 전신실로 넘어갔다. 그러고는 장문의 전문을 워싱턴으로 보냈다.

미국도 대한제국을 의식하고 있었다.

그래서 괌과 마리아나제도 등이 매각되었다는 사실을 확인하고는 난감해했다. 그러던 차에 존 실이 보낸 장문의 전문이 도착한 것이다.

백악관에서 참모회의가 열렸다.

참석자들은 대한제국이 괌을 매입한 사실을 안타까워했다. 그러나 누구도 대한제국과의 전쟁은 거론조차 하지 않았다.

묘한 시기인 점은 분명히 맞다.

그러나 스페인과의 전쟁 이전에 매각 계약이 체결된 사실을 뒤집어엎을 수는 없었다. 그러려면 대한제국과 전쟁을 해야 하는데 괌이 아무리 전략 요충지라 해도 그럴 수는 없었다.

이긴다는 보장도 없을뿐더러 패한다면 필리핀까지 상실할 수 있었다. 더구나 엄청난 배상금은 물론이고 패전의 후폭풍을 감당할 자신이 없었다.

다양한 의견이 나왔으나 결론은 협상이었다. 협상하기로 의견을 모은 미국은 빠르게 움직였다.

사흘 후.

존 실이 황궁으로 대진을 찾아왔다.

"공사님께서 여긴 어쩐 일입니까?"

존 실이 웃었다.

"하하하! 급한 사람이 찾아와야지요."

대진이 바로 짐작했다.

"워싱턴에서 연락이 왔습니까?"

"그렇습니다. 하와이에서 만나자고 합니다. 본국에서는 국무장관이 대표로 나선다고 합니다."

대진의 입꼬리가 절로 올라갔다.

"귀국이 현명한 판단을 했군요."

"예, 그래서 제가 전문을 받고 바로 달려온 것입니다. 귀국의 협상 대표로는 누가 나서실 겁니까?"

"제가 나설 겁니다."

"역시 후작님이시군요. 부디 좋은 결론을 맺을 수 있도록 부탁드리겠습니다."

"노력해 보겠습니다."

그리고 보름 후.

대진이 호놀룰루의 하와이왕국 영빈관에서 미국 협상단과 마주 앉았다. 존 실의 말대로 미국에서는 윌리엄 데이(William R. Day) 국무장관이 대표였다.

대표 두 사람이 인사를 나누고 자리에 앉았다. 미국 대표 윌리엄이 먼저 입을 열었다.

"이런 문제로 양국이 마주하게 되어 아쉽네요."

대진도 화답했다.

"그러게 말입니다. 우리 제국과 귀국은 지금까지 어느 나라보다 친밀하게 지내왔는데 말입니다. 그래도 비 온 뒤에 땅이 굳어진다는 말처럼 이번 일을 슬기롭게 넘기면 양국의 우호관계는 더 깊어지지 않겠습니까?"

윌리엄의 안색이 환해졌다.

"당연히 그렇게 되어야지요. 우리 미합중국도 귀국과 언제까지라도 긴밀하게 지내고 싶습니다."

"본국도 마찬가지입니다."

두 사람이 은근히 본심을 내비쳤다. 그리고 그런 본심이 서로 같다는 사실도 확인되었다.

대진이 그 점을 지적했다.

"본국과 귀국이 지향하는 점이 같아서 다행입니다."

"저도 그렇게 생각합니다."

"자! 그러면 허심탄회하게 말씀을 해 보시지요. 미합중국은 지금의 상황을 어떻게 풀어 갔으면 좋겠습니까?"

"먼저 우리 미합중국은 필리핀을 식민지로 삼으려는 생각이 없음을 밝혀 두는 바입니다."

"이해되었습니다."

"그런데 필리핀은 수백 년 동안 스페인의 식민지였습니다. 더구나 민다나오섬에는 이슬람 반군 세력도 있는 상황이고요. 그런 필리핀을 방치한다면 극심한 혼란에 빠질 우려가 있습니다."

"필리핀에는 독립 세력이 있는 것으로 아는데요."

윌리엄이 어깨를 으쓱했다.

"있기는 하지요. 하지만 스페인의 압제에 몰려 세력은 흩어지고 지도자들은 홍콩 등지로 망명한 상태지요."

"그들을 지원해 주실 겁니까?"

"당장은 어렵습니다. 지금의 필리핀은 독립하면 곧바로 혼란에 휩싸일 수밖에 없습니다. 그래서 당분간은 우리가 지원해 줄 계획입니다."

윌리엄 데이가 은근히 필리핀을 식민지배 하겠다는 의지를 내보였다.

"그 당분간이 문제로군요."

대진의 말에 윌리엄 베이가 노골적으로 요청했다.

"귀국이 묵인해 준다면 문제가 되지 않을 것입니다."

대진은 즉답을 하지 않았다. 그 대신 다른 문제를 들고나왔다.

"우리 대한제국은 하와이가 독립국으로 존재하기를 바랍니다."

윌리엄 베이가 바로 응답했다.

"우리 미합중국도 하와이가 독립을 유지하는 것에 전적으로 찬성합니다."

"다행이군요. 그리고 이번에 스페인으로부터 매입한 괌을 포함한 마리아나제도, 팔라우와 캐롤라인제도에 대한 귀국의 확고한 입장을 듣고 싶습니다."

"정당한 가격을 주고 매입한 것에 대해서는 우리 미합중국도 인정합니다. 다만 괌은 태평양을 오가는 선박의 중간 기착지로 중요하니 괌의 아가냐 항구는 개방해 주셨으면 합니다."

대진이 두말하지 않았다.

"좋습니다. 귀국 선박의 아가냐 입항은 언제라도 환영합니다. 귀국이 이렇게 본국의 국익에 도움을 주셨으니 우리도 도움을 드려야지요. 언제까지 일지 모르지만 필리핀이 안정되는 그날까지 귀국의 필리핀 간섭 배제에 전적으로 동의합니다."

윌리엄의 얼굴이 환해졌다.

"감사합니다. 귀국의 탁월한 결정에 미합중국 대통령을 대신해 감사드립니다."

지금 상황에서 미국을 필리핀에서 철수시킬 수는 없었다. 그래서 대진은 미국의 필리핀 장악을 인정해 주며 최대한 실리를 챙겼다.

미국도 이미 성립된 매각 계약을 되돌릴 수는 없었다. 그래서 대한제국의 권익을 인정해 주면서 필리핀 진출에 대한 동의를 받았다.

양측은 즉시 합의 사항을 정리했다. 그러고는 대진과 윌리엄 데이가 협정문에 각각 날인했다.

펑! 펑! 펑!

미국 대표단은 기자들을 대동했다.

그런 기자들은 협정문이 교환되는 장면을 연신 촬영했다. 양국 대표단은 기자단을 위해 악수하는 자세를 한동안 유지해 주었다.

회담을 성공적으로 마친 대진은 하와이여왕을 예방했다. 대진은 그 자리에서 협상 내용을 소개하면서 하와이 독립을 미국이 지지한다는 사실을 알려 주었다.

하와이여왕은 감격했다.

"아아! 참으로 감사합니다. 귀국이 우리 하와이의 독립을 이토록 신경 써 주실 줄은 몰랐습니다."

"당연히 신경을 써 드려야지요. 그리고 카리브에 있는 쿠바 상황에 대해 알고 계십니까?"

"그에 대한 소식을 듣고 있습니다."

"그러시군요. 그러면 미국이 스페인과 전쟁을 벌이는 원인에 대해서도 아실 것이고요."

여왕이 핵심을 짚었다.

"미국이 쿠바를 차지할 욕심으로 전쟁을 벌이고 있는 거 아닙니까?"

"맞습니다. 쿠바는 카리브의 진주라고 불릴 정도로 천혜의 환경을 갖고 있지요. 그런 쿠바의 주요 생산품이 설탕과 담배이고요."

"설탕이라고요?"

"그렇습니다. 미국은 쿠바에 막대한 투자를 했습니다. 그 결과 쿠바의 설탕 시장을 거의 장악한 상태이고요. 그런데 이번 전쟁은 미국의 승리가 확정적이지요. 그러니 하와이의 사탕수수 농장이 큰 타격을 입게 될 것입니다."

여왕의 안색이 흐려졌다.

"그러면 큰일이군요."

대진이 손을 저었다.

"아닙니다. 위기이기도 하지만 기회이기도 합니다. 그러니 여왕께서는 이번을 도약의 기회로 삼으십시오."

여왕이 바짝 기댔다.

"우리가 어떻게 하면 됩니까?"

"몇 년 전부터 본국에서 이민 온 농장주들이 사탕수수가 아닌 파인애플을 대대적으로 심고 있을 겁니다."

"그렇다는 말은 들었습니다."

"곧 있으면 본국의 대한농산에서 하와이에 대규모 파인애플 통조림공장을 건립할 것입니다. 그렇게 되면 하와이에서 재배된 파인애플이 통조림으로 만들어져 대한제국과 미국은 물론 세계로도 판매가 가능해질 겁니다. 그러니 하와이의 다른 농장주를 불러 사정을 설명하고 파인애플을 비롯한 열대 과일을 대량 재배하게 만드세요."

대진의 말을 경청하던 여왕이 결단했다.

"알겠습니다. 빠른 시일 내에 농장주들을 초대하지요."

"그리고 의회에다 미국이 우리 대한제국과 함께 하와이 독립을 지지한다고 발표를 하십시오. 그러면 미국에 합병하려는 세력이 급속히 수그러질 것입니다."

여왕이 몇 번이고 고개를 끄덕였다.

"반드시 그렇게 하겠습니다. 하지만 역모를 꾀하려는 움직임은 다행히도 귀국이 우리의 독립을 적극 지지하면서 수면 아래로 거의 가라앉았습니다."

"그렇다면 다행이고요."

대진의 조언대로 여왕은 다음 날 하와이의회를 찾았다. 그리고 그 자리에서 미국과 대한제국의 입장을 분명히 밝혔다.

하와이의회에는 아직도 합병파가 다수였다. 그런 의원들은 여왕의 선포와도 같은 말에 낙담했다.

이들도 대진과 미국 국무장관이 영빈관에서 만난 사실을 알고 있었다. 그래서 여왕의 말에 더 무게가 실렸으며 이날 이후 합병하려는 움직임은 거의 사라졌다.

여왕을 면담한 대진이 귀환했다.

그리고 수상에게 미국과의 협상 결과를 보고한 뒤, 황궁으로 들어가 황제를 알현해 하와이 회담 결과를 보고했다.

그런데 황제의 안색이 이상했다. 대진은 이상했으나 보고했으며 보고를 받은 황제가 치하했다.

"수고하셨네요. 이 후작 덕분에 우리의 해양영토가 확실하게 공인되었네요."

"감사합니다. 그런데 어디 불편하신 데라도 있는 겁니까? 안색이 별로 좋지 않습니다."

황제가 한숨을 내쉬었다.

"후! 아버지께서 오늘 쓰러지셨다고 합니다."

대진이 깜짝 놀랐다.

"예, 대원왕 전하께서 쓰러지셨다고요?"

"그래요. 다행히 태의의 보살핌 덕분에 바로 정신을 차리셨지만 몸져누우셨다고 하네요."

"저런! 전하께서 고령이신데 큰일 아닙니까?"

"예, 그래서 의친왕에게 아버지를 돌봐 드리라고 했습니다만, 걱정이네요."

대진이 바로 나섰다.

"저도 바로 내려가 보겠습니다."

"하와이를 다녀오셨는데 하루라도 쉬고 내려가시지요."

"아닙니다. 잠은 기차에서 자면 되니 지금 바로 출발하겠습니다."

"고맙습니다, 이 후작."

"별말씀을 다 하십니다. 대원왕 전하께서는 저에게도 각별하신 분입니다. 당연히 찾아뵈어야지요."

황궁을 나온 대진은 비서를 집으로 보내 기별하게 했다. 그러고는 곧바로 역으로 가서 기차를 타고 한양으로 내려왔다.

한양에 도착한 대진은 대기하고 있던 택시를 타고 운현궁으로 넘어갔다.

운현궁의 사랑채인 노안당의 마당에는 여러 사람이 대기하고 있었다. 대진은 그들 중 태의를 찾아서 대원왕의 용태를 확인했다.

"전하의 용태는 어떠십니까?"

태의가 고개를 저었다.

"안타깝지만 일어나기 어려우실 것 같습니다."

"아! 그래요?"

"전하께서는 고령이신데도 정사를 놓지 않고 계속 무리해 오셨습니다. 그런 격무가 이어지다 보니 전하의 옥체가 많이 손상되셨습니다."

"지금은요?"

"약을 드시고 누워 계십니다."

"안에는 누가 있지요?"

"아드님이신 홍친왕과 의친왕 전하께서 들어가 계십니다. 들어가 보시려고요?"

"그래야지요."

태의가 안내했다.

"저를 따르시지요."

대진이 태의를 따라 방으로 들어갔다. 대진은 방 안의 두 사람과 목례를 하고는 누워 있는 대원왕에게 다가갔다.

"전하! 이게 어찌 된 일입니까?"

대원왕이 씁쓸한 미소를 지었다.

"허허! 이 후작에게 못 볼꼴을 보여 주는구나."

"별말씀을 다 하십니다."

대원왕이 흥친왕을 바라봤다.

"나를 일으켜 다오."

대진이 급히 나섰다.

"그냥 누워 계시지요."

"아니야. 너무 오래 누워 있었더니 등이 불편해."

태의가 사람을 불러 대원왕을 벽에 기대앉게 해 주었다.

"하와이에서 미국 대표를 만난 일은 잘되었는가?"

"예, 우리 계획대로 되었습니다."

대진이 회담 내용을 설명했다.

대원왕이 흡족해했다.

"아주 잘되었구나. 미국으로부터 그런 보장을 받아 냈다면 최상이야."

"그렇습니다."

"수군과 해병대를 서둘러 배치해야겠구나."

"수상께서 이번 기회에 수군 함대를 전면적으로 개편하신다고 합니다."

대원왕이 고개를 끄덕였다.

"그래야겠지. 이제는 우리의 해양영토도 상당하니 거기에 맞춰 재편해야겠지."

의친왕이 질문했다.

"후작님, 수군이 본격적으로 대양수군을 지양하게 되는 겁니까?"

"그렇습니다. 미국이 하와이 독립을 적극 지지했습니다. 본국이 태평양 일대의 영토를 대거 매입하고 장악하면서 괌에 대한 중요성이 커졌습니다. 그래서 태평양함대를 진주만과 괌을 주축으로 한 대양함대로 개편될 것입니다."

"대양함대가 2개 생기는 것이군요."

"그렇습니다. 그리고 해안경비대를 새롭게 창설해 본토의 연안 방어를 맡긴다고 합니다."

"좋은 계획입니다. 우리 제국도 이제는 방어해야 할 연안이 상당해서 수군 체계를 개편할 필요성이 커지긴 했습니다."

이러면서 자신의 생각을 차분히 밝혔다. 이런 의친왕의 발언에 대진도 놀랐지만 대원왕도 크게 놀랐다.

"허허! 의친왕이 그렇게 웅대한 생각을 갖고 있을 줄은 몰랐구나."

의친왕이 가슴을 폈다.

"황족이라면 당연히 나라의 일을 걱정해야 한다고 생각합

니다."

대진도 동조했다.

"맞는 말씀입니다. 의친왕 전하와 같은 분이 황실에 많으면 많을수록 국민들은 황실을 더 숭상할 것입니다."

홍친왕이 나섰다.

"의친왕도 곧 군대를 가야겠구나."

"그렇지 않아도 금년 학기를 마치면 휴학하고 입대하려고 합니다."

대원왕이 흐뭇해했다.

"잘 생각했다. 황족이라면 당연히 군역을 필해야지. 그래야 국민들이 황실을 더 믿고 의지하게 된다. 그리고 황태자가 병약해서 군을 면제받았으니 의친왕이 그런 황태자를 대신한다는 생각도 가져야 한다."

"예, 그래서 지원 입대를 생각하고 있습니다."

"오냐, 그렇게 해라."

흐뭇해하던 대원왕이 지시했다.

"이 후작과 따로 할 말이 있으니 모두들 자리를 비워 주도록 해라."

태의가 얼른 나섰다.

"그러면 누워서 대화를 나누시지요."

"아니야. 지금 이 자세가 편해."

이 말에 모두가 인사하고는 밖으로 나갔다. 사람들이 전부

나갈 때까지 기다리던 대원왕이 입을 열었다.

"이 후작이 그동안 나를 위해 애를 많이 썼다."

"별말씀을 다 하십니다."

"한양 내각을 과인이 이끌 수 있게 된 것이 이 후작의 공이라는 사실을 잘 알고 있다. 그래서 자네를 볼 때마다 늘 고마웠었지."

대진이 몸을 숙였다.

"한양은 500년이나 된 수도였습니다. 그런 수도를 천도한다는 것은 결코 쉬운 일이 아닙니다. 한양 내각이 있었기 때문에 나라가 빨리 안정을 찾았던 것입니다. 그런 내각을 전하께서 너무도 훌륭하게 이끌어 오셨고요."

"어쨌든 이 후작 덕분에 과인은 말년에 너무도 행복했다. 그리고 원없이 통치도 해 봐서 남은 미련이 하나도 없다."

대원왕이 후련한 표정을 지었다.

대진이 한 번 더 몸을 숙였다.

"빨리 쾌차하셔서 국정을 살피셔야지요. 전하께서 한양을 든든하게 지켜 주셔야 나라가 평안합니다."

대원왕이 고개를 저었다.

"아니야. 나는 자리를 털고 일어나기 어려울 것 같아."

대진이 깜짝 놀랐다.

"전하! 그 어인 말씀이십니까? 받들기 민망하옵니다."

"나도 좀 더 시간이 있었으면 좋겠어. 하지만 하늘이 나를 곧 불러올릴 것이 분명해."

"전하!"

"이렇게 가는 것이 아쉽기는 하다. 하지만 원하는 모든 것을 해 봐서 미련은 없어. 그리고 우리나라가 제국이 되고 아들이 황제가 되고 내가 왕이 되었으니 최고의 인생을 산 것이지."

"전하! 하지만 아직 전하께서 해 주셔야 할 일이 너무도 많습니다!"

대원왕이 고개를 저었다.

"더 이상은 어려워. 내 나이가 벌써 77이야. 이 정도면 천수를 누렸잖아. 그나저나 이 후작에게 한 가지 부탁이 있다."

"말씀하십시오."

"내가 죽기 전에 황상을 보면 좋겠지만 그게 쉽지만은 않을 거야. 그래서 이 후작에게 말하는데, 과인이 죽으면 한양 내각은 해산시키도록 하라."

대진이 깜짝 놀랐다.

"한양 내각을 해산하라고요?"

"그래, 과거였다면 교통이 불편해서 따로 내각을 만드는 것이 맞을 수도 있겠지. 하지만 지금은 한양에서 요양까지 하루면 왕복할 수 있는 세상이다. 그런 나라에서 2개의 내각은 필요가 없어. 그리고 우리보다 영토가 넓은 청국이나 러시아, 미국도 2개의 내각을 운영하지는 않잖아."

"그렇기는 합니다만 한양은 다른 나라에 없는 특성이 있습니다. 그리고 이전에는 청국이 심양 조정을 운영하기도 했고요."

대원왕이 고개를 저었다.

"다 쓸데없는 국력 낭비였어. 청국은 그처럼 과거를 버리지 못해서 나라가 그런 꼴이 된 거야. 그런 사정을 알고 있는 우리가 그들을 따를 필요가 없잖아."

"그건 그렇습니다."

"그러니 과인의 유고에 맞춰 한양 내각을 해산하도록 해. 한양 내각에는 과인이 이미 오래전부터 말을 해 놓아서 혼란이 없을 거야."

대진이 생각해도 대원왕이 없는 한양 내각은 별 의미가 없었다. 그러나 쉽게 결정할 사안이 아니었기에 즉답을 못 했다.

"……전하의 말씀을 폐하와 수상께 전해 드리겠습니다."

대원왕이 서랍장을 가리켰다.

"저 서랍장의 맨 위 칸을 열어 보게."

대진이 일어나 서랍을 열었다. 서랍에는 제법 두툼한 봉투가 들어 있었다.

"그 봉투에는 한양 내각에 관한 과인의 생각과 향후 대책을 정리해 놓은 서류가 있다. 이 후작은 수고스럽겠지만 그 서류를 황상과 수상에게 전해 주도록 해."

"알겠습니다."

대진은 대원왕과 한동안 대화를 나눴다. 그러던 대원왕이 피곤해하자 즉시 태의를 불렀다. 그러고는 대원왕이 자리에 눕는 것을 보고 인사하고 방을 나왔다.

그런 대진에게 흥친왕이 다가왔다.

"아버지께서 무슨 말씀을 하셨습니까?"

"이런저런 말씀이 있으셨습니다."

"혹시 한양 내각 해산에 관해서도 말씀하시던가요?"

대진이 솔직히 대답했다.

"그렇습니다. 전하께서 승하하시면 해산하라는 당부를 전하셨습니다."

"아! 그러셨군요."

흥친왕이 낙심천만의 표정을 지었다. 그러다 대진에게 간절한 표정을 부탁했다.

"이 후작, 한양 내각을 존속시키는 데 도움을 주시오. 그러면 그 은혜를 내가 잊지 않겠소이다."

대진은 어이가 없었다.

"대원왕 전하께서 승하하시면 그 자리를 전하께서 이어받을 거라고 생각하고 계십니까?"

"아버지께서 맡아 오시던 자리인데 당연히 과인이 이어받아야지요."

흥친왕이 당연한 표정을 지었다.

대진은 기가 막혀 잠시 말을 못 했다. 그런 표정을 본 흥친왕이 추궁하듯 질문했다.

"왜 그런 표정을 짓는 거요?"

대진이 잠깐 사이 여러 생각이 들었다. 그러던 대진은 분명하고 확실한 어조도 대답했다.

"홍친왕 전하께서는 대원왕 전하께서 무슨 자격으로 한양 내각을 이끌어 오셨는지 아십니까?"

홍친왕이 생각도 없이 말을 뱉었다.

"그거야 대원왕의 자격이지요."

대진은 어이가 없었다.

"그 말씀대로라면 우리 제국의 왕작을 받은 분들은 분봉을 받아 한 지역씩 통치해야겠네요."

홍친왕의 답변이 궁색해졌다. 그도 대한제국의 황족은 일종의 명예직이며 분봉하지 않는다는 황실 규범을 잘 알고 있었기 때문이다.

머뭇거리던 그가 항변했다.

"……아버지는 다른 황족과 다른 분이시오."

"그렇지요. 대원왕 전하는 다른 황족과 다른 분이시지요. 그리고 섭정이셨고요. 대원왕 전하께서는 섭정이었기 때문에 한양 내각을 이끌어 오셨던 겁니다. 그런데 전하께서 무슨 자격으로 한양 내각을 이끌 생각을 하신 겁니까?"

"……."

홍친왕이 답변을 못 했다. 잠시 눈알을 굴리던 그가 곤궁한 답변을 내놓았다.

"과인은 아버지의 적손이고 황제의 형이오. 그런 내가 아버지의 법통을 잇는 것은 너무도 당연하지 않소?"

대진도 인정했다.

"당연히 그러셔야지요. 대원왕 전하께서 혹여 승하하시면 그 뒤를 이어 운현궁의 2대 당주가 되시겠지요. 하지만 섭정의 자리까지 넘겨받는 것은 아닙니다."

대진이 딱 잘라 말했다.

그러자 흥친왕의 얼굴이 붉어졌다.

그런 그에게 대진이 분명히 밝혔다.

"대원왕 전하께서는 한양 내각을 해산하기를 바라십니다. 그것이 전하의 특명이시고요. 흥친왕 전하께서는 그런 유훈과도 같은 어명을 어기시려는 겁니까?"

흥친왕은 한동안 말을 못 했다. 그러던 그는 기어 들어가는 목소리로 겨우 대답했다.

"알겠소이다."

대답을 한 그는 황급히 돌아갔다.

대진의 고개가 절로 저어졌다.

'지금 세상이 어떻게 돌아가는지도 모르고 저런 헛된 생각을 하고 있다니. 참으로 한심스럽기 짝이 없구나. 황제 폐하께서도 자신의 권력을 내각에 일임하고 있는데 공적도 없이 아버지의 권력을 이어받으려고 하다니. 그것도 황제의 친형이 말이야.'

대진이 씁쓸해했다.

그러다 문득 방 안에서 의친왕이 솔선수범하겠다는 말이 떠올랐다. 그러자 두 사람이 너무도 비교되어 한숨이 절로 나왔다.

대진은 이래저래 심란했다.

대원왕은 권력욕은 누구보다 강했지만 마군이 정착하는 데 결정적 도움을 주었다. 더구나 마군이 추진하는 개혁을 적극 도와주면서 대한제국을 지금처럼 만드는 데 막대한 공헌을 했었다.

그러나 대원왕의 아들은 아니었다.

나이가 50에 가까운 사람이 무엇이 중한지를 모르고 있었다. 그러면서 권력에 대한 탐욕을 부리고 있는 모습에 절로 한숨이 나왔다.

대진은 이래저래 씁쓸한 마음을 안고 요양으로 돌아왔다. 그리고 바로 황궁으로 들어가 대원왕의 말을 전하고는 서류를 바쳤다.

황제는 서류를 읽고는 대성통곡했다.

"아아! 아버지께서 벌써부터 뒷일을 걱정하고 계셨구나. 그래서 이런 서류도 미리부터 준비해 놓으셨어."

대진은 서류의 내용이 무언지 모른다. 그러나 황제가 체면도 잊고 대성통곡하는 모습을 보니 그 내용이 유언장이었음을 어렵지 않게 짐작했다.

한동안 통곡하던 황제가 겨우 울음을 멈췄다.

"이 후작이 보기에 아버지의 병환이 많이 중하셨습니까?"

"송구하오나 기력이 많이 쇠잔해지셨다는 것은 느낄 수 있었습니다."

"태의는 뭐라고 하던가요?"

"다른 병은 없으시고 노환(老患)이라고 했습니다."

이 말에 황제는 다시 대성통곡했다. 그런 황제의 절절함이 가슴에 아려 대진도 눈앞이 흐려졌다.

다음 날.

황제가 황후·황태자와 한양으로 거둥했다. 그런 황제는 사흘 동안 머물며 대원왕을 보살폈다.

그러나 대원왕의 병환은 시간이 지날수록 깊어만 갔다.

황제와 황태자는 수시로 한양을 찾아 대원왕을 간호했다.

하지만 이런 정성에도 대원왕은 자리를 털고 일어나지 못했다.

그러던 9월.

황제는 대원왕이 위독하자 모든 황실 가족을 이끌고 한양으로 내려갔다. 그러고는 며칠 동안 간호를 했으나 안타깝게 대원왕이 승하했다.

황제는 그 즉시 국장을 선포했다.

대원왕의 병환이 깊어지면서 한양 내각은 장례 준비를 해왔다. 그러다 대원왕이 승하하자 곧바로 한양 내각에 국장도감을 설치했다.

대원왕의 국장은 조선의 국왕에 준하는 절차에 따라 진행되었다. 국장도감에 이어 빈전도감(殯殿都監)과 산릉도감(山陵都監)이 설치되었다.

그리고 이 세 도감을 총괄 지휘하는 총호사(總護使)를 한양 내각의 수장인 부총리가 맡았다.

황제는 이런 절차를 직접 챙겼다. 그렇지만 황제는 즉위 당시 추존된 익종(翼宗)의 양자로 입적했기에 상복을 입지 않았다.

온 나라가 슬퍼했다.

하늘도 슬퍼했는지 대원왕이 승하하고 사흘 동안 비가 내렸다. 그 바람에 운현궁은 그 어느 때보다 을씨년스러웠다.

대진은 대원왕이 승하하기 전 한양에 내려와 있었다. 그래서 황제와 함께 대원왕의 유훈을 들었다.

대원왕은 끝까지 나라 걱정을 했다.

대원왕은 황제에게 한양 내각을 만들어 준 것을 진심으로 고마워했다. 그러고는 자신이 죽으면 한양 내각을 해산하라고 몇 번이고 당부했다.

대진은 며칠 한양에 머물렀다 상경했다. 그러고는 손인석의 자택을 찾았다.

"어서 오게. 어떻게 장례는 잘 진행되고 있나?"

"예, 절차에 따라 잘 진행되고 있습니다."

"황제께서 직접 챙기시니 문제는 없겠지. 그나저나 아쉬워. 다른 분도 아니고 대원왕이신데 직접 찾아보지 못해서 말이야."

손인석도 나이가 있어서인지 요즘 들어 몸이 자주 아팠다. 그래서 대원왕이 승하했음에도 한양을 내려가지 못했다.

5장

대진이 급히 위로했다.

"대원왕 전하께서도 회장님의 마음을 아실 것입니다. 그러니 너무 아쉬워하지 마십시오."

손인석이 씁쓸해했다.

"세월여류라고 하더니 지금까지 시간이 한순간이란 생각이 들어. 언제가 강건할 것만 같던 대원왕께서 승하하신 것을 보니 나도 얼마 남지 않았다는 생각이 들어."

"별말씀을 다 하십니다. 우리들을 위해서라도 오래 사셔야 합니다."

"후후! 정해진 인명을 어떻게 우리 마음대로 할 수가 있겠어. 내 나이도 내일모레면 여든이야."

"아!"

"이 후작."

"예, 회장님."

"세대교체는 이미 시작된 거나 마찬가지야. 우리가 이곳에 오고 시간이 많이 지났어. 그 바람에 먼저 세상을 떠난 사람도 꽤 되지. 우리 아이들 중에는 20세가 넘은 경우도 많아졌잖아."

"그렇기는 합니다."

"그러니 시간이 지난 것을 아쉬워하지 않았으면 좋겠어. 그리고 다음 세대는 이 후작이 이끌어 가야 하니 미리 준비를 해 두는 것이 좋아."

그러면서 처음으로 수상 취임을 거론했다.

대진이 급히 몸을 숙였다.

"회장님의 말씀이 너무 과하십니다. 제가 아직은 그럴 역량이 되지 않습니다."

"그렇지 않아. 우리 제국에서 이 후작처럼 외교에 통달한 사람은 없어. 이번의 미국스페인전쟁 중에도 이 후작은 놀라운 능력을 발휘해서 괌을 비롯한 해양영토를 획득했잖아. 미국의 뒤통수를 보기 좋게 때리면서 말이야."

"그건 미국이 아직 최강대국이 아니었기에 가능했던 작업입니다."

손인석도 인정했다.

"당연히 그렇지. 미국이 이전 시대처럼 세계 유일의 초강대국이었다면 감히 할 수 없는 일이었지. 하지만 이 후작이 진주만을 얻으면서부터 미국의 태평양 행보에 제동을 걸어왔잖아."

"그건 그렇습니다."

"우리나라는 이제 완전히 기틀이 다져졌어. 내가 봐도 놀랄 정도로 경제는 발전하고 있고. 아울러 군사력은 거기에 비례해 증대되고 있지. 이런 대한제국에 남은 과제는 국제사회에서의 위상 제고야. 그래서 나는 다음 시대는 국제 정세에 밝은 사람이 수상이 되어야 한다고 생각해."

"……."

손인석이 대진을 바라봤다.

"그래야 우리 대한제국이 이 시대의 최강대국인 영국과도 맞설 수 있는 나라가 될 수 있어. 아울러 장차 최강대국이 될 미국과도 대등한 관계를 유지할 수 있지."

대진도 이 점은 인정했다.

"회장님의 지적이 맞습니다. 우리가 발전할수록 거기에 걸맞은 외교관계를 구축해야 합니다."

"그렇지. 나는 지금이라도 이 후작이 수상이 되기를 바라. 아직은 장병익 수상도 있고 그 뒤를 받치고 있는 사람도 많으니 당장은 어렵겠지만, 다음 세기 초에는 반드시 이 후작이 수상이 되어야 해. 그래야 장차 발생할 각종 외교 문제와 세계대전을 현명하게 대비할 수가 있어. 그러니 지금부터 차근차근 준비를 해 놓도록 하게."

대진도 더 사양하지 않았다.

"알겠습니다. 그때를 위해 저도 최선을 다해 준비하겠습니다."

손인석이 아주 흡족해했다.

"고마워. 지금은 겸양할 때도 아니고 역량을 숨길 때도 아니야. 우리 제국의 미래를 위해서는 모든 사람이 자신이 가진 역량을 최대한 발휘해야 해."

이날 두 사람은 많은 대화를 나눴다.

다음해 2월.

대원왕의 국장이 거행되었다.

장지는 동구릉 권역이었으며 명칭은 영릉(榮陵)으로 정했다. 장례를 마친 황제가 요양 천도 후 처음으로 경복궁에 들었다.

황제는 대원왕의 생전에는 되도록 한양을 찾지 않았다. 하삼도를 통치하는 대원왕의 권위를 세워 주기 위해서였다.

경복궁은 조선의 정궁이었던 시절과는 많이 달라져 있었다. 한청전쟁에서 승리한 대가로 받은 황금유리기와는 요양은 물론 한양 궁궐의 지붕과 담장 색깔을 바꿔 놓았다.

한양에는 경복궁을 비롯해 창덕궁과 창경궁 그리고 경희

궁과 경운궁이 있다. 이런 궁궐이 모두 황금색으로 바뀌면서 한양 전체의 그림도 바뀌었다.

대한제국이 되면서 바뀐 것이 또 하나 있었다.

이전에는 99칸 이상의 집을 지을 수 없었다.

그런 규제 조항을 칭제 건원하면서 철폐되었다. 그뿐이 아니라 건물의 높이도 폐지되었다.

규제가 철폐되면서 요양과 평양 한양에는 크고 넓은 건물이 속속 들어섰다. 아직까지 미국처럼 고층 건물은 없었지만 그래도 4~5층 건물이 즐비하게 들어서며 도시 풍경이 이전과는 비교할 수 없을 정도로 변했다.

비록 천도는 했지만 한양은 배도다. 더구나 한양 내각까지 유지되고 있어서 요양 못지않게 발전을 거듭하고 있었다.

황제는 이틀 동안 휴식했다.

그리고 사흘째 되는 날.

경복궁 별궁에서 오랜만에 어전회의가 열렸다. 이 어전회의에는 한양 내각의 중신들도 참석했다.

황제가 먼저 인사했다.

"아버지의 국장에 모두들 고생이 많았습니다. 짐이 여러분에게 어떻게 감사를 표해야 할지 모르겠네요."

수상 장병익이 나섰다.

"대원왕 전하께서는 우리 대한제국의 가장 큰 어른이셨습니다. 그런 분이 승하하셨는데 신민들이 정성을 다해 모시는 것은 당연한 도리입니다."

국장도감 도제조와 그동안 한양 내각을 이끌어 오던 부수상 김병국이 거들었다. 김병국은 안동 김 씨 출신으로 오랫동안 한양 내각에서 대원왕을 보필해 왔다.

"승하하신 대원왕 전하께서는 언제나 나라와 백성들을 위하며 노심초사해 오셨습니다. 그러면서 우리나라가 청나라와 일본보다 강국이 되었다는 사실에 대단한 자부심을 갖고 계셨지요. 그런 말씀을 하실 때면 언제나 수상을 비롯한 마군을 거론하면서 고마워하셨지요."

황제도 인정했다.

"맞는 말입니다. 마군이 없었다면, 그리고 아버지의 결단이 없었다면 오늘의 대한제국은 없었을 것입니다."

모두들 무겁게 고개를 끄덕였다. 황제도 잠시 대원왕을 생각하다가 김병국을 바라봤다.

"부수상께서도 이제 요양으로 거처를 옮겨서 짐을 도와주셔야지요?"

김병국이 고개를 저었다.

"아닙니다. 신은 이번 국장도감 도제조를 끝으로 모든 공직에서 물러나려고 합니다."

"부수상, 그게 무슨 말씀입니까? 물러나시다니요?"

"대한제국은 이미 조선에서 탈태환골한 지 오래입니다. 그럼에도 한양 내각이 아직까지 존재했던 것은 황제 폐하의 효심 덕분이었지요."

모두가 고개를 끄덕였다.

김병국의 말이 이어졌다.

"우리 한양 내각은 어쩌면 마지막 남은 조선 사람들이라고 해도 과언이 아닙니다. 그럴 정도로 대원왕 전하께서는 경화사족 출신을 비롯한 조선의 구신(舊臣)들을 알뜰히 챙겨 오셨지요. 그러나 시대도 변했고 이제는 대원왕 전하께서도 아니계십니다. 이미 한양 내각은 해산되었고요. 신은 대원왕 전하께서 승하하실 때 모든 정리도 내려놓았사옵니다. 하오니 신을 비롯한 한양 내각의 용퇴를 윤허해 주셨으면 하옵니다."

한양 내각 대신 중 한 명이 동조했다.

"부수상의 말씀이 맞사옵니다. 내년이면 20세기가 됩니다. 새 시대에는 당연히 새로운 사람이 나라를 이끌어야 합니다."

또 한 명이 나섰다.

"그러하옵니다. 장강의 앞 물결은 자연스럽게 뒤 물결에 밀려납니다. 하물며 새로운 시대에는 신들과 같은 구시대 인물이 아닌 새 인물들이 필요한 때입니다."

이어서 한양 내각 중신들이 하나같이 사직을 청하고 나섰다. 이런 상황은 이미 예견된 것이나 다름없었다.

대원왕은 한양 내각을 대부분 경화사족처럼 명문 집안 출신들로 구성했다. 일종의 구세력을 예우하는 이런 발탁 덕에 요양 천도 이후에도 조금의 문제도 겪지 않고 대한제국 권력 중심이 한양에서 요양으로 자연스럽게 이동할 수 있었다.

황제도 이런 사정을 누구보다 잘 알고 있었다. 그래서 대원왕과 함께 국가 안정을 위해 노력한 이들을 중용하려 했으나 모두가 사양했다.

황제가 아쉬워했다.

"정녕 모두들 공직에서 사퇴하실 겁니까?"

김병국이 다시 나섰다.

"폐하, 너무 안타까워하지 마십시오. 과거였다면 신은 벌써 기로소에 들어갈 사람입니다. 그런 신이 지금까지 중용되었다는 것만으로도 무한한 영광이옵니다."

이어서 다른 사람도 다투어 자신들이 퇴임을 윤허해 달라고 청원했다. 황제는 아쉬웠으나 이 또한 역사의 흐름이라는 사실을 인정하지 않을 수 없었다.

"알겠습니다. 그대들의 충정을 짐은 언제까지라도 잊지 않을 것입니다."

한양 내각 중신들이 동시에 외쳤다.

"황감하옵니다!"

황제는 한양에서 사흘을 더 머물렀다.

그동안 황제는 한양 내각과 관련된 업무를 깨끗이 정리했다. 지난 5개월 동안 한양 내각의 중신들이 자신들의 업무를 철저하게 정리해 두었다.

그래서 어려움 없이 모든 업무를 요양으로 이관할 수 있었다. 한양 내각을 완전히 정리한 황제는 한 번 더 영릉에 참배를 하고서 요양으로 돌아왔다.

대원왕의 서거는 대한제국에 큰 충격이었다. 그러면서 세대교체의 신호탄이라 할 수 있었다.

더구나 20세기를 앞둔 1899년이었다.

대한제국 관가는 한동안 사직이 줄을 이었다. 그러면서 자연스럽게 신진 관료들이 전면에 나서는 계기가 되었다.

대한제국은 마군이 도래한 이후 단 한 번도 내부 혼란이 없었다. 그리고 자주국방과 개혁 개방에 완전히 성공하면서 어떤 외세도 내정간섭을 할 수가 없었다.

그동안 마군의 미래 지식에 따른 철저하고 다양한 교육으로 수많은 인재들을 양성해 냈다. 이런 인재들은 애국심이 투철해 어떠한 외세의 유혹에도 흔들리지 않았다.

그런 인재들이 관가나 군, 학계를 비롯한 사회 곳곳에서 실력을 쌓아 왔다. 그런 인재들이 이 시기를 전후해 정국 전면으로 부상하게 된 것이다.

대진도 바쁜 시간을 보냈다.

황제와 수상에게 연이어서 입각 제의를 받았다. 그러나 아직은 좀 더 자유롭게 활동하고 싶었기에 사양했다.

대진은 대한무역에서 할 일이 아직은 더 많다고 생각되었다. 그 대신 미래기술추진단이라는 단체를 만들어 단장에 취임했다.

미래기술추진단장이 된 대진은 가장 먼저 니콜라 테슬라를 그가 근무하는 연구소에서 만났다.

니콜라 테슬라가 대한제국에 온 지 벌써 10여 년이 되었다. 그동안 대한제국의 전폭적인 지원을 받아 시대를 추월하는 기술을 개발해 오고 있었다.

"오랜만에 뵙습니다, 테슬라 박사."

니콜라 테슬라는 정규교육을 끝내지 못했다. 집안이 가난해 등록금이 늘 문제가 됐기 때문이다.

그런 사정을 알게 된 대진은 그에게 대한제국에서 대학 교육을 마치도록 주선해 주었다. 그가 편입한 대학은 대한제국의 천재들만 입학한다고 소문난 대한제국 과학기술원이다.

늦은 나이에 대학에 편입했지만 니콜라 테슬라는 아주 만족했다. 특히 이론이 부족했던 그에게 마군 출신 교수들이 가르치는 기초 공학은 금과옥조나 다름없었다.

그는 연구와 수업을 병행했다.

그럼에도 천재라는 명성에 걸맞게 5년 만에 공학박사 학위를 취득했다. 그렇게 박사가 된 그는 다른 사람이 자신을 박사로 불러 주기를 원했다.

대진도 그런 사실을 알고 있었다.

그래서 그를 보자마자 박사라고 불러 주었다. 대진에게서

박사 칭호를 들은 니콜라 테슬라는 안색이 환해졌다.

니콜라 테슬라가 우리말로 화답했다.

"오랜만에 뵙습니다, 후작님. 미래기술추진단장으로 취임하신 것을 축하드립니다."

"감사합니다. 이제는 테슬라 박사의 우리말이 원어민 수준이군요. 조금도 어색하지가 않아요."

니콜라 테슬라가 어깨를 으쓱했다.

"연구를 하다 보니 저절로 배우게 되었습니다. 연구원들이 전부 한국인이다 보니 이제는 한국어가 모국어보다 더 익숙합니다."

"하하! 다행이군요. 모국은 자주 다녀오십니까?"

"자주는 아니지만 일 년에 한 번은 꼭 대륙종단철도를 이용해 다녀옵니다."

"그렇군요. 어떻게, 미래 기술 연구는 잘되고 있습니까?"

니콜라 테슬라의 안색이 밝아졌다.

"그렇습니다. 몇 가지 기술이 곧 상용화될 예정입니다. 직접 둘러보시겠습니까?"

"그럽시다."

"가시지요. 제가 안내하겠습니다."

니콜라가 제일 먼저 안내한 곳은 형광등 연구였다. 대진이 바로 알아봤다.

"형광등을 만들어 냈군요."

니콜라 테슬라가 깜짝 놀랐다.

"아니, 연구소장님도 그러시더니 후작님도 어떻게 형광등을 보자마자 알아보십니까?"

대진이 얼버무렸다.

"본국에서 개발한 텅스텐필라멘트를 사용하는 전구를 아시지요?"

"당연히 잘 알고 있지요. 본국이 만든 전구가 에디슨전구보다 효용성이 훨씬 좋다는 것은 세상이 다 아는 사실이지요."

"그 전구를 개발할 당시 이런 형광등도 연구를 했었습니다. 그래서 잘 알고 있지요."

니콜라 테슬라가 고개를 끄덕였다.

"소장님도 그런 말씀을 하시더니 그 말이 맞나 보군요. 그런데 왜 당시에는 형광등을 개발하지 않았습니까?"

"그 당시만 해도 전등 개발이 우선이었지요. 그리고 기반 기술도 부족해서 형광등은 다음에 개발하자고 뒤로 미뤄 놓았던 겁니다."

니콜라 테슬라도 인정했다.

"후작님 말씀을 들어 보니 충분히 일리가 있네요. 이 형광등은 내부에 가스를 충전해야 합니다. 더구나 안정기도 있어야 하고 초크도 있어야 해서 일반 전구보다는 만들기가 쉽지 않지요."

"말씀하시는 것을 보니 개발이 다 된 것같이 보이는군요."

"그렇습니다. 함께 연구하는 한국인 연구진의 도움으로 시제품은 완성했습니다."

"우리 연구진이 박사의 연구에 도움이 됩니까?"

니콜라 테슬라가 격하게 고개를 끄덕였다.

"물론입니다. 처음부터 기술원의 교수님들은 제가 하는 연구에 엄청난 도움을 주셨지요. 그래서 지금도 교수님들과는 긴밀한 교류를 하고 있지요. 그리고 그분들의 제자인 기술원 출신 연구원들은 실질적인 연구에 도움이 되고 있고요."

기술원의 교수들은 마군 출신들이다. 미래 지식을 갖고 있는 교수들은 니콜라 테슬라의 초기 연구에 많은 도움을 주어 왔다.

테슬라의 말이 이어졌다.

"특히 지난해 상용에 성공한 레이더 연구에는 결정적 도움을 주셨지요. 그래서 레이더는 저 혼자만의 연구 결과가 아니라고 생각하고 있습니다."

"그 얘기는 들었습니다. 그래도 테슬라 박사가 레이더 개발에 주도하면서 군사 부문에서 놀라운 성과를 거두고 있는 것은 사실이지요."

대진의 말에 테슬라가 흡족한 미소를 지었다.

"유도어뢰 연구에서 많은 성과를 거두고 있다는 말을 들었습니다."

"그렇지요. 그것도 테슬라 박사가 진공관에 이어 트랜지스터를 공동개발 한 덕분이지요."

테슬라가 손을 저었다.

"그렇지 않습니다. 트랜지스터는 제가 개발한 것이 아닙니다. 저는 단지 트랜지스터를 개발하는 데 조금의 도움을 준 것뿐입니다. 나머지는 전적으로 기술원 교수님들이 만든 것이지요."

대진은 내심 놀랐다.

니콜라 테슬라가 미국에 있을 때는 항상 자신이 최고라고 생각했던 인물이다. 그래서 다른 과학자들과 함께 연구도 못할 정도로 외골수 기질이 다분했었다.

그런 니콜라 테슬라가 연신 자신을 낮추며 다른 사람에게 공적을 돌리고 있었다. 대진은 대한제국에서의 10년이 독불장군이었던 그를 겸손하게 만들었다는 사실을 새삼 느꼈다.

대진이 주의를 당부했다.

"트랜지스터는 적어도 한 세대 이상 군수품으로 전용될 예정입니다. 그래서 초특급 국가 기밀로 지정된 사실은 알고 계시지요?"

마군은 시대에 맞게 기술을 적절히 개발해 오고 있었다. 그래서 10년 전 니콜라 테슬라가 참여해 진공관을 개발하게끔 했다.

그렇게 개발된 진공관은 특허 획득과 함께 세계를 대상으로 기술 공유를 했다. 기술의 발전을 위해 독점판매가 아닌 특허사용료를 선택했기 때문이다.

이런 결정에 전 세계는 열렬히 환영했다. 기술이 공개된 덕분에 진공관은 다양한 형태로 발전하면서 전자기술 발전에 견인차 역할을 하고 있었다.

트랜지스터는 시대를 훌쩍 뛰어넘는 물건이다.

전자기술의 발전을 위해 트랜지스터 개발은 필수불가결하다. 부피가 크고 용량의 한계가 뚜렷한 진공관으로 발전하기에는 한계가 분명하기 때문이다.

그러나 시대를 너무 앞선 물건이어서 개발 초기부터 논란이 많았다. 그럼에도 개발을 결정하게 된 까닭은 자주국방과 전자 시대 선도를 위해서다.

20세기는 거함거포의 시대다.

나름대로 국력을 갖춘 나라는 막대한 국력을 소모해 가며 거함거포에 매몰된다. 대한제국은 무모하게 국력을 소모해야 하는 거함거포 시대를 뛰어넘으려는 계획이었다.

그러기 위해서는 군사 무기가 최첨단으로 개발되어야 한다. 최첨단군사 무기가 있어야만 2~3만 톤의 전함을 고철 덩어리로 만들 수 있기 때문이다.

그러기 위해서는 레이더와 소나는 물론이고 유도어뢰와 유도미사일 등이 필요하다. 이런 무기와 전자장치를 갖추려면 트랜지스터 개발은 필수다. 그래야 각종 장비를 소형화, 정밀화할 수 있었기 때문이다.

대한제국에는 제7기동함대가 있다.

그러나 언제까지 제7기동함대에 의지할 수는 없다. 더구나 제7기동함대의 함정은 선령이 오래되어 각종 문제가 하나둘씩 나타나고 있었다.

그래서 오랜 고심 끝에 트랜지스터를 개발하기로 결정했다. 하지만 이론을 안다고 미래 기술을 바로 구현할 수는 없었기에 진공관부터 개발하기로 결정하였는데, 바로 그때 니콜라 테슬라가 나타난 것이다.

대진의 노력으로 대한제국에 온 그는 천재답게 너무도 간단하게 진공관을 개발했다. 그러고는 트랜지스터와 레이더 개발에 합류하였다. 그리고 레이더가 먼저 개발되었으며 이어서 트랜지스터도 개발에 성공했던 것이다.

니콜라 테슬라가 고개를 끄덕였다.

"물론입니다. 저도 곧 한국에 귀화합니다. 그러면 대한제국이 제 모국이 되니 당연히 군사기밀과 관련된 기술은 비밀을 엄수해야지요."

뜻밖의 소식을 들은 대진은 크게 기뻐했다.

"박사께서 귀화를 결심하였습니까?"

"예, 그렇습니다. 그동안 심사숙고했지만 귀화하는 것이 옳다는 결론에 도달했습니다. 그래서 해가 가기 전에 귀화 신청을 하려고 합니다."

"잘 생각하셨습니다."

대진이 손을 내밀었다. 그 손을 니콜라 테슬라가 굳게 잡으며 귀화를 결심한 까닭을 설명했다.

　"미국에 있을 때는 늘 누군가와 경쟁해야 했습니다. 그러면서 연구개발비를 마련하기 위해 고심해야 했고요. 그러나 대한제국에 온 이후로는 그런 고심을 할 까닭이 없어졌습니다."

　"왜 그런지 말씀해 주실 수 있습니까?"

　"물론입니다. 미국에서는 모든 연구를 내가 구상하고 추진해야 했습니다. 그로 인해 엄청난 시행착오를 거쳐야 했고요. 그래서 그런 시행착오를 줄이기 위해 저는 늘 꿈에 의지해야 했지요."

　"박사의 연구가 꿈속에서 많이 구현되었다는 말은 들었습니다."

　대진의 말에 니콜라 테슬라가 씁쓸해했다.

　"그만큼 어려웠다는 의미지요. 꿈이 현실 연구에 도움이 되는 경우도 있기는 했지요. 그러나 모든 연구를 꿈에 의지해서 진행할 수는 없었기에 늘 불안했습니다. 그래서 신경쇠약에 걸려 약을 달고 살아야 했고요."

　"충분히 이해할 수 있습니다."

　"그러나 이곳에서는 달랐습니다. 제가 하려는 연구는 상당 부분 현실화되어 있더군요. 그뿐만 아니라 새롭게 연구할 부분도 놀라울 정도로 체계적으로 준비되어 있었고요. 그래서 저는 오로지 연구만 하면 되었습니다. 덕분에 미국에서 얻은 신경쇠약증이 말끔히 사라졌지요. 이 모두가 후작님께서 저를 초대해 주신 덕분입니다."

대진은 그의 말을 들으며 흡족했다.

"고마운 말씀이네요. 박사가 우리 국민이 된다면 연구할 수 있는 대상이 대폭 늘어날 것입니다."

테슬라도 알고 있었다.

"연구소장님으로부터 그런 말을 들었습니다. 제가 외국인이어서 접근할 수 없는 연구가 꽤 많다고요. 그래서 귀화하게 되면 무슨 연구를 하게 될지 기대가 많습니다."

"박사가 절대 실망하지 않을 겁니다."

"부디 최첨단기술이었으면 좋겠습니다."

"당연히 그렇습니다."

니콜라 테슬라가 다른 방으로 안내했다. 그곳에는 겉만 봐도 대번에 알 수 있는 물건이 있었다.

니콜라 테슬라가 자신 있게 설명했다.

"이 제품은 무선수신기입니다."

대한제국은 1893년 시카고박람회에서 무선통신을 선보였다. 아쉽게도 당시에는 아메리카모터스의 신차와 버스, 트럭에 가려져 인기를 끌지는 못했다.

그러나 대한제국은 무선통신의 위력을 누구보다 잘 알고 있었다. 그래서 몇 년 동안 무선통신을 위한 대형 안테나를 전국 곳곳에 설치했다.

덕분에 무선통신의 기반을 상당 부분 구축해 놓을 수 있었다.

니콜라 테슬라의 설명이 이어졌다.

"이 제품의 이름은 라디오(Radio)로 명명했으며 삼극진공관을 부품으로 사용하고 있습니다."

"라디오라는 이름은 박사가 명명한 것입니까?"

"아닙니다. 기술원 교수님들이 협의해서 결정했습니다."

"그렇군요. 음성송신기는 어디에 설치되어 있지요?"

"송신기는 기술원에 있습니다."

대진이 눈을 빛냈다.

"수신이 가능하다는 말씀입니까?"

"물론입니다. 한번 들어 보시겠습니까?"

"좋습니다."

니콜라 테슬라가 전화기를 들었다.

"교환, 과학기술원으로 연결해 주세요."

그리고 잠시 후.

"박사님, 니콜라 테슬라입니다. 오늘 이 후작님께서 방문하셨는데 라디오가 수신되는지를 확인하고 싶다고 하십니다. 예, 기다리겠습니다."

니콜라 테슬라가 라디오를 켰다.

그러고는 볼륨을 올리고 주파수를 맞추고서 기다렸다. 잠깐의 시간이 흐르고 라디오에서 음성이 흘러나왔다.

ㅡ반갑습니다, 후작님. 저는 과학기술원의 송영대 교수입니다.

후작님께 라디오의 개발을 알리는 첫방송을 할 수 있어서 무한한 영광입니다.

송영대 교수는 라디오의 개발에 따른 비화를 한동안 설명했다. 그러고는 축음기의 노래를 들려주는 것으로 방송을 끝맺었다.

대진은 울컥했다.

라디오에서 흘러나오는 음성은 제7기동함대에서 사용하는 통신보다 맑지 않았다. 더구나 축음기로 들려주는 노래 또한 거칠고 탁했다.

그러나 내용은 알아듣기 충분할 정도로 잡음이 많지는 않았다.

니콜라 테슬라가 자랑스럽게 라디오를 쓰다듬었다.

"후작님이 보시기에 어떻습니까?"

진공관 라디오는 크기부터 상당했다.

거기다 외형은 아직은 제품이 아니었기에 둔탁하기 짝이 없었다. 그러나 시대적 감성이 느껴지면서 묘한 매력이 있었다.

"좋습니다. 그런데 크기를 좀 더 줄일 수는 없나요?"

니콜라 테슬라가 고개를 저었다.

"정말 놀랍게도 같은 말을 여러 번 듣네요."

대진이 바로 알아들었다.

"기술원의 송영대 교수도 그런 말을 하던가요?"

"송 교수님뿐이 아니라 다른 교수님들도 하나같이 너무 크다고 하시네요."

"그러실 겁니다. 테슬라 박사, 그리고 기술원 교수들과 나는 같은 물건을 서로 다르게 보고 있기 때문에 그런 말을 하는 겁니다."

니콜라 테슬라가 고개를 갸웃했다.

니콜라 테슬라가 질문했다.

"그게 무슨 말씀입니까? 같은 물건을 다르게 보다니요?"

"테슬라 박사는 라디오를 하나의 전자 기기로 생각하고 있습니다. 반면에 나와 교수들은 라디오를 하나의 전자 제품으로 보고 있지요."

니콜라 테슬라가 탄성을 터트렸다.

"아! 그렇군요. 저는 라디오의 성능만 좋다고 생각하지만, 후작님과 교수님들은 잘 팔릴 수 있는 물건으로 본다는 말씀이군요!"

"그렇습니다. 전자 기기가 제대로 된 물건이 되려면 여러 조건을 충족해야 하지요. 그러려면 가격도 적당해야 하지만 외양도 중요하지요. 물론 가장 중요한 것은 성능이겠지만 기기가 제품이 되려면 그건 기본 조건에 불과하지요."

니콜라 테슬라가 거듭 인정했다.

"맞습니다. 제가 한국에 와서 놀란 것 중 하나가 같은 물건이라고 해도 절대 같지 않다는 사실이었습니다. 상품의 질이 좋아도 디자인이 우수해야 하더군요. 그리고 설령 품질이

조금 부족해도 디자인이 우수하면 훨씬 더 잘 팔린다는 사실
도 알게 되었습니다."

대진이 흐뭇해했다.

"그렇습니다. 아무리 좋은 상품도 포장을 잘못하면 제값
을 받지 못하지요. 반면에 질이 조금 부족해도 소비자의 눈
을 사로잡는 외양 때문에 폭발적인 인기를 얻기도 하고요."

"예, 맞습니다. 한국 제품이 세계시장에서 날개 돋친 듯
팔려 나가는 것에는 다 이유가 있더군요."

이 말을 한 니콜라 테슬라가 약속했다.

"알겠습니다. 라디오를 최대한 작게 만들어 보겠습니다.
하지만 삼극진공관이 주요 부품이어서 어느 정도의 규모는
감안하셔야 합니다."

"당연히 그래야지요. 그리고 진공관을 병렬로 연결하면
소리를 좀 더 증폭시킬 수 있을 것입니다. 그 부분도 기왕이
면 함께 연구해 보시지요."

"알겠습니다."

니콜라 테슬라는 놀랐지만 반문하지 않았다. 그동안 연구
해 오면 대진이나 기술원 교수들이 이런 식으로 툭툭 던지는
말이 단초가 되어 기술 발전을 촉발시킨 경우가 한두 번이
아니었기 때문이다.

대진이 연구소를 다녀오고 두 달여가 흘렀을 때였다. 니콜

라 테슬라로부터 라디오가 완성되었다는 소식을 전해 들었다.

대진은 단걸음에 달려갔다.

그러고는 모양은 조금 크지만 아주 미려한 라디오를 접할 수 있었다.

니콜라 테슬라가 설명했다.

"같은 라디오를 총 50대 만들었습니다. 그래서 요양 곳곳은 물론이고 전국 주요 도시에 모두 배정해서 시범방송을 실시하려고 합니다."

대진이 확인했다.

"예비 시험 방송은 했습니까?"

"그렇습니다. 이달 초 과학기술원에 마련된 방송실에서 실시했습니다. 실시 범위는 압록강 이북 전역이었는데 다행히 하나같이 깨끗이 수신되었습니다. 그래서 후작님의 허락만 있으면 전국적인 시범방송을 실시하려고 합니다."

대진이 제안했다.

"잠시만 기다리지요. 이번 시범방송은 전 세계 최초입니다. 그런 방송을 그냥 할 수는 없지요."

"그러면 어떤 방식으로 하시려고요?"

"장소를 정해 각국 외교관을 모두 초대해야지요. 아울러 황실에 보고해서 폐하께서도 직접 경청하게 해 드려야 하고요. 아울러 내각 대신들도 별도의 장소를 정해서 수신하도록 만듭시다."

니콜라 테슬라는 긴장했다. 그러나 그런 긴장감이 그의 승부욕을 자극하며 설레게 했다.

니콜라 테슬라가 동의했다.

"알겠습니다. 차질 없이 준비하겠습니다. 아! 그 전에 귀화 문제도 깨끗이 마무리 지어서 한국인의 자격으로 시범방송에 참여하겠습니다."

"그렇게 하시지요."

다음 날.

니콜라 테슬라는 법무대신에게 특별 귀화 선서를 했다. 그는 국민 선서와 함께 귀화 증서를 수여받으면서 한국인이 되었다.

그리고 10여 일 후.

정부는 전국 각지에 라디오를 배치해 시범방송을 준비했다. 그러고는 요양에 주재하는 모든 외교관들을 대한호텔로 초대했다.

라디오를 시범방송 한다는 소식은 사전에 알려져 있었다. 그래서 요양 대한호텔 행사장으로 내외신 기자들도 대거 몰려들었다.

마침내 정각 10시가 되었다.

"뚜! 뚜! 뚜! 10시 소식을 전해 드리겠습니다. 1899년 6월 30일 정각 10시 전 대한제국 전역을 상대로 한 라디오방송이 시작되었습니다. 이번에 실시하는 방송은 세계 최초이며 유일의 방송입니다."

방송이 시작되면서 호텔 행사장은 난리가 났다.

대한제국이 무선통신을 개발했다는 사실을 모르는 외교관들은 없다. 수천만이 모였던 시카고박람회에서 무선통신 기술이 시연되기도 했다. 하지만 당시에는 아메리카모터스의 신차와 버스, 트럭 때문에 큰 주목을 받지 못했다.

하지만 전문가들은 당시 발표되었던 기술의 완성도에 모두들 놀랐었다. 그러면서 대한제국이 무선통신 기반을 급속히 구축하며 상용화한다는 사실에 주목했다.

그런 대한제국에서 세계 최초로 라디오방송이 전파를 탄 것이다. 각국 외교관들과 기자들은 방송에서 흘러나오는 음성이 깨끗하다는 사실에 놀랐다.

같은 시각, 대진은 황궁에 있었다.

황실도 황제와 황후, 황태자와 황태자비 등이 모두 황제의 접견실로 모였다. 볼거리와 즐길거리가 별로 없던 이 시대에서 라디오의 시범방송은 특별 행사나 다름없었다.

그리고 10시에 시범방송이 시작되었다. 라디오에서 놀랍도록 깨끗한 음성이 흘러나오자 모두가 동시에 탄성을 터트렸다.

황후도 마찬가지였다.

"놀랍네요. 저 작은 통에서 사람의 목소리가 흘러나오다니요."

대진이 설명했다.

"모두가 우리 제국이 보유한 최첨단기술이 만들어 낸 작품입니다."

황태자가 질문했다.

"후작님, 이 방송이 세계 최초라고 했지요?"

"그렇습니다. 유선으로 음성을 송수신하는 전화는 20여 년 전부터 상용화되었습니다. 반면에 무선통신은 본국이 지난 1893년 상용화하였으며 이번에 세계 최초로 음성방송까지 상용화한 것입니다."

황제가 기꺼워했다.

"놀라운 일이오, 이렇게 대단한 일을 연거푸 우리 제국의 과학자들이 만들어 내다니. 이제는 우리 대한제국의 기술력이 세계를 선도하고 있다는 말을 절감하게 되었어요."

황태자도 동조했다.

"그러게 말입니다. 이 모두가 아바마마의 홍복이시옵니다. 감축드립니다."

"허허허! 아니다. 짐이 무엇을 했다고 칭찬을 받겠느냐. 내가 아닌 실질적으로 고생을 한 과학자들이 칭송을 받아야지."

황후도 거들었다.

"맞는 말입니다. 이런 일일수록 해당 부분을 위해 노력한

과학자들을 선발해 수상하고 격려하심이 옳사옵니다. 그래
야 그것을 보고 더 많은 후예들이 노력할 것이옵니다."

황제가 거듭 고개를 끄덕였다.

"좋은 생각이오. 이 후작."

"예, 폐하."

"짐은 이번에 방송 기술을 상용화한 과학자들과 연구진을
축하하고 싶소이다. 그러니 이 후작께서 관련자들을 가려 추
천해 주시오."

"그렇게 하겠습니다."

황태자가 궁금해했다.

"후작님."

"예, 전하."

"이번 라디오방송 성공은 단순히 음성방송이 성공하는 것
에 그치지 않고 그 파급효과가 상당할 것 같은데요? 제 예상
이 맞습니까?"

대진이 바로 동조했다.

"그렇습니다. 무선통신은 지금까지는 모스부호만을 전송
할 수 있었습니다. 그것만으로도 사회 전반에 미친 영향력은
컸고요. 그런 무선통신에서 음성 송수신이 가능하게 되면 다
양한 부분에서 변화가 발생합니다. 우선 선박끼리의 교신이
가능해지면서 해상수송이나 해안 방어가 획기적으로 발전하
게 됩니다. 그리고……."

대진은 무선의 적용 범위를 설명했다.

그런데 무선 송수신의 적용 범위가 의외로 많았다. 그렇다 보니 설명하는 대진 본인뿐만 아니라 황제와 황후, 황태자도 당연히 놀라지 않을 수 없었다.

황태자가 놀라워했다.

"대단하군요. 후작님의 설명대로라면 무선 송수신은 국가 발전과 궤를 같이한다고 봐야겠군요."

"그렇습니다. 사회가 발전하면 할수록 무선 송수신의 적용 범위는 늘어날 겁니다. 그리고 기술이 발전하면 무선전화 까지도 등장하게 될 것입니다."

황태자가 탄성을 터트렸다.

"아아! 전화까지도 무선으로 가능하다고요?"

"예, 전하. 당장은 아니지만 기술이 축적되면 가능해집니다."

"기대가 되는군요. 그런 시절이 언제가 될지 말입니다."

황제와 황후는 대진과 황태자의 대화를 들으면서 연신 흐 뭇해했다. 그러나 그런 미소는 얼마 가지 않았다.

"으음!"

대화를 나누던 황태자가 작게 신음했다. 옆에 있던 황태자 비가 놀라 자리에서 벌떡 일어났다.

"전하!"

뒤에서 대기하고 있던 태의들이 급히 달려와 황태자를 부 축했다. 태의들은 급히 황태자의 옷을 풀고 청진기로 용태를 살폈다.

황제와 황후는 근심 가득한 표정으로 지켜봤다. 그러기를
얼마 후, 태의가 황태자의 옷을 여미고서 일어났다.

"어떻게 된 일이오?"

"황태자 전하께서 요즘 침수를 제대로 못 이루신다고 합니
다. 그래서 잠시 기력이 쇠잔해지신 것이니 크게 걱정하시지
않아도 됩니다. 하지만 바로 쉬게 하시는 것이 좋을 듯합니다."

"그렇게 하라."

태의가 궁내부 소속 내관에게 환자용 침대를 가져오게 했
다. 그러고는 황태자를 눕히고서 접견실을 나갔다.

그 모습에 황후가 탄식했다.

"하아! 큰일입니다. 나라는 나날이 발전해 과거와는 비교
할 수 없이 강성해지는데 황태자가 저러니 말입니다."

대진이 위로했다.

"태의의 말대로 과로이실 것이니 너무 성려하지 마십시오."

황제도 위로했다.

"너무 걱정 마시오. 황태자가 병약해도 아예 몸져누운 적
은 없지 않습니까?"

황후가 하소연했다.

"그래도 신첩은 걱정이 태산입니다. 황태자가 병약한 것도
문제지만 성혼한 지가 언제인데 아직 후사가 없지 않습니까?"

이 말에 접견실 분위기가 급격히 가라앉았다.

마군이 도래한 이후 결혼적령기는 빠르게 늦어졌다.

그럼에도 황태자는 1882년 8살의 어린 나이에 혼사를 치렀다. 황후의 강권으로 이뤄진 혼사였기 때문에 가능한 일이었다.

황후는 자신의 가문인 여흥 민 씨의 가문에서 며느리를 간택했다. 그리고 17년의 세월이 흘렀지만 아직 후사를 두지 못하고 있었다.

황후는 그동안 황태자비의 회임을 위해 온갖 수단을 강구해 왔다. 갖은 약재는 물론이고 심지어 무당을 불러 굿까지 했으나 효험이 없었다.

그래서 지금까지 황실에서는 후사에 대한 말은 금기나 다름없었다. 그런 금기를 황후가 깨 버리고 나온 것이다.

황제가 한숨을 내쉬었다.

"후우! 고정하시오. 중전, 그동안 중전께서는 할 수 있는 모든 정성을 다 쏟았어요. 그리고 최신 의료 기술로 확인한 결과 황태자는 불임이 아니라고 하지 않습니까? 그러니 좀 더 시간을 두고 기다려 봅시다."

황후도 급히 마음을 가라앉혔다.

황후가 고개를 숙였다.

"신첩이 폐하의 어심을 어지럽혔사옵니다. 송구하옵니다."

"아니요. 황후께서도 오죽 답답하면 이런 말을 했겠소이까?"

황제가 몇 번이나 황후를 다독였다.

대진이 적당한 때에 일어났다.

"그럼 신은 이만 물러나겠습니다."

황제가 고개를 끄덕였다.

"그렇게 하시오."

황후도 사과했다.

"미안합니다, 후작님. 좋은 날 이런 꼴을 보여 주어서 면 목이 없네요."

"아닙니다. 대한제국에서 황후 폐하의 심정을 이해 못 하 는 사람은 없을 것입니다."

"후! 고맙습니다."

대진은 거듭해서 인사를 하고 접견실을 물러 나왔다. 그렇 게 황궁을 나온 대진은 곧바로 국립의료원을 찾았다.

6장

국립의료원은 대한제국 최고의 의료기관이다. 이 의료원에는 마군 출신 의료진이 다수 근무하고 있었다.

대진은 의료원장실 문을 두드렸다.

"들어오세요."

대진이 들어가자 의료원장이 깜짝 놀랐다.

"아니, 이 후작께서 여기는 어쩐 일입니까? 어디 불편하신 겁니까?"

의료원장은 백령도함의 의료실장이었던 황이원이 맡고 있었다.

대진이 고개를 저었다.

"제가 아픈 것이 아니라 뭐를 알아보고 싶어서 찾아뵈었습

니다."

"무슨 일이 있는 것입니까?"

"오늘 라디오방송 축하 행사가 있었습니다."

"그렇지 않아도 대성공을 거뒀다는 말을 들었습니다."

"그렇습니다. 그 행사를 주관하기 위해 오늘 제가 황궁에 방문했습니다. 그런데 행사에 참가하신 황태자 전하께서 이상 증세를 보이셨습니다."

대진이 황태자에 관한 설명을 했다.

황이원의 표정이 심각해졌다.

"황태자께서 과로하셨나 보군요."

"그러셨다고 합니다. 그런데 황후께서 후사를 크게 걱정하시던데 정녕 황태자께는 문제가 없는 것입니까?"

황이원이 대답을 못 했다. 대진은 그의 모습을 보면서 말 못 할 사정이 있다는 것을 직감했다.

대진이 바꿔서 질문했다.

"황태자비께서도 병약하신데 그분이 문제입니까?"

황이원이 굳은 표정으로 천장을 올려다봤다. 잠시 그러고 있던 그가 깊은 한숨을 내쉬었다.

"후우! 본래 의사는 환자의 비밀을 지켜 주어야 합니다. 그러나 방금 하신 질문은 황실에 관한 문제여서 황실고문께 말씀을 드리지 않을 수 없군요. 하지만 이 사실을 절대 누설해선 안 됩니다."

"걱정 마세요. 다른 문제도 아닌 황실에 관한 문제를 제가 누설할 리는 만무합니다."

"사실 두 분에게 모두 문제가 있습니다. 황태자 전하께서는 무정자증이시고 황태자비께서는 병약해서 회임하시기가 어렵습니다."

대진의 안색이 굳어졌다.

"역시 그랬군요. 그런데 황후께서는 황태자께 문제가 없다고 알고 계시던데요."

"산부인과에서 차마 말씀을 못 드린 것으로 압니다."

"그래도 진실을 말씀드려야지요. 황후께서 회임 문제로 황태자비를 많이 다그치시는 것으로 알고 있습니다."

"으음! 그렇다면 문제군요."

"당장은 아니더라도 사실을 말씀드리도록 하세요. 그래야 황후께서 미련을 버리고 대안을 마련하시지 않겠습니까?"

"하지만 황후께서 그 사실을 받아들이시겠습니까?"

"당장은 어렵겠지요. 하지만 의친왕 전하가 아니면 후사를 이을 사람이 없는 것은 사실이지 않습니까?"

마군이 도래한 이후 많은 부분이 바뀌었다. 그렇게 바뀐 부분 중 하나가 황후의 건재였다.

마군은 개혁을 추진하면서 개화파들에게 주체 의식을 철저하게 교육시켰다. 그러면서 개화파들이 선망하던 일본과 청국을 전쟁으로 압도하고 내정을 철저하게 안정시켰다.

그 결과, 임오군란이나 갑신정변, 을미사변 같은 격동의
상황이 단 한 번도 일어나지 않았다.

또한 황후가 건재하면서 황제는 엄 귀인과 같은 후궁을 들
이지 않았다. 그 덕에 황태자의 형제는 의친왕밖에 존재하지
않았다.

황이원도 의친왕은 인정했다.

"남다른 분이시지요. 우선은 건강하고 명민하다는 소문은
들었습니다."

"그렇지요. 그리고 생각도 아주 건전하시더라고요."

대진이 운현궁에서 만났을 때의 일을 설명했다. 이야기를
들은 황이원이 감탄했다.

"대단한 분이군요. 다음 세대를 위해서라도 후작님께서
의친왕 전하께 좀 더 신경을 써야겠습니다."

"그렇지 않아도 한번 찾아뵈려고 합니다."

"신문에 난 기사에 따르면 의친왕 전하께서 휴학하고 군입
대를 자원하셨다고 들었습니다."

"그렇습니다. 이번 여름 사관 교육을 받으러 입대해야 합
니다. 그래서 그 전에 한번 만나 볼 계획입니다."

대한제국은 황족도 예외 없이 병역의무를 완수해야 한다.
그렇다고 황족을 일반 병사와 같은 교육을 받게 할 수는 없
었다.

그래서 황족들은 사관 교육을 받고서 장교로 임관하게 되

어 있었다. 이는 의친왕도 마찬가지여서 휴학하고 사관 교육을 받기로 예정되어 있었다.

"잘 생각하셨습니다. 황후께서 다른 말씀이 없으시다면 지금 상황에서는 의친왕이 황태자의 후사를 잇는 것이 맞지요."

대진도 인정했다.

"그래야지요. 아무리 황후라고 해도 황자가 엄존한데 다른 황족을 내세울 수는 없지요. 그리고 의친왕께서도 황후마마를 깍듯이 받들고 있어서 별문제는 없을 것입니다."

황이원이 다짐했다.

"황태자 전하에 관한 사항은 병원 내부 회의를 거쳐서 늦지 않게 황실에 알리겠습니다."

"그렇게 해 주십시오."

대진은 인사를 하고 국립의료원을 나왔다. 그런 대진의 마음은 그 어느 때보다 무거웠다.

라디오 시범방송은 대성공을 거뒀다.

다음 날 모든 신문에는 방송 성공 소식이 1면을 장식했다. 아울러 전 세계 신문도 이 소식을 최고로 다뤘다.

시카고박람회의 성공 이후.

지난 몇 년 동안 미국을 비롯한 유럽 각지에서 무선통신 회사가 생겨났다. 모두가 대한제국 기술특허를 활용한 회사들이었다.

그렇게 생겨난 무선통신 회사들은 급속도로 발전하고 있었다. 이런 상황에서 라디오방송 성공은 폭발적인 관심을 끌었다.

대한제국 영토는 넓다. 그런 대한제국 전역에서 라디오방송이 동시에 청취된 것이다.

그것도 지역적인 편차가 없었다는 사실에 사람들은 놀랐다. 그러면서 라디오방송이 엄청난 영향력을 발휘하게 될 거라는 사실에 주목했다.

대한제국은 지속적으로 첨단기술을 다양하게 개발하고 있었다. 그렇게 개발된 것들이 하나같이 성공을 거두면서 막대한 수익을 창출하고 있었다.

라디오방송의 성공이 알려지면서 전 세계에서 수많은 사람들이 몰려들었다. 그렇게 찾아온 사람들은 하나같이 대한제국이 개발한 라디오방송에 매료되었다.

수많은 사람들이 대진을 찾아왔다.

그러나 모든 사람을 만날 수는 없었다. 대진은 방송국 단위의 방송 시스템을 팔려고 했다.

그러기 위해서는 작은 나라는 전국 단위로, 큰 나라는 지역 중심으로 협상을 해야 했다. 물론 큰 나라도 전국 단위 협상을 해도 된다. 그러나 그러기 위해서는 투자 금액과 시간이 많이 걸린다는 문제가 있었다.

유럽 각국과 미국 각지에서 많은 사람이 대진을 찾았다.

그렇게 찾아온 사람들 중에는 JP모건은행과 프랑스의 로쉴드은행의 관계자도 있었다.

대진은 이들을 비롯한 10여 개국과 방송 시스템 납품 계약을 체결했다. 그러고는 방송기술교육원을 설립해 각국의 기술진을 동시에 불러들여 방송 기술을 교육시키려 했다.

미국과 유럽에 전자회사도 설립했다.

라디오의 생산 판매를 위해서였다. 미국에는 JP모건은행과 프랑스에서는 로쉴드은행 등과 합작한 이 전자회사에서 라디오를 생산하게 했다.

독점이 아닌 합작은 세계 각국에 큰 호응을 불러왔다. 세계는 이미 미국과 프랑스, 독일에서의 자동차합작회사가 얼마나 큰 성공을 거두고 있는지 잘 알고 있었다.

그래서인지 이번에 설립된 전자회사의 성공을 조금도 의심치 않았다. 물론 삼극진공관을 비롯한 주요 특허 부품은 대한제국에서 조달하기로 했다.

몇 주간을 정신없이 보내던 7월.

대진이 처음으로 의친왕과 독대했다.

의친왕이 먼저 입을 열었다.

"후작님께서 저를 만나자고 해서 놀랐습니다."

대진이 사과했다.

"죄송합니다. 공연한 구설의 빌미를 제공할 것 같아서 그동안 격조했습니다."

의친왕이 대번에 알아챘다.

"황후마마의 시선이 걱정되셨나 보군요."

"부인하지 않겠습니다."

의친왕이 씁쓸해했다.

"이해합니다. 형님 전하께서 아직 후손을 두지 못했다 보니 저 스스로도 처신에 신경이 많이 쓰이고 있습니다."

"그러시겠지요. 의친왕 전하께서도 아직 후사가 없지 않습니까?"

"예, 그래서 걱정입니다. 형님 전하께서 후사가 없으면 저라도 후손이 많아야 하는데 안타깝게도 저 또한 아직 소식이 없네요."

이 말을 한 의친왕의 안색이 흐려졌다. 그러나 대진은 이전 시대에서 의친왕이 후손을 많이 두었다는 사실을 알고 있었다.

"너무 걱정하지 마십시오. 전하께서는 아직 젊으시니 시간이 지나면 후사를 보시게 될 것입니다."

"그랬으면 좋겠습니다."

"이번에 군에 자원하셨다고요."

"예, 어차피 다녀올 군대라면 너무 늦지 않게 다녀오려고요. 그리고 승하하신 할아버지와의 약속도 지키고 싶어서 연초에 휴학했습니다."

"대학을 마치고 다녀오시지 않고요."

의친왕이 고개를 저었다.

"2년이 지나 입대하면 나이 많은 저를 선임들이 얼마나 불편해하겠습니까? 가뜩이나 황족을 후임으로 두게 되는데 나이까지 불편하게 만들고 싶지 않았습니다."

대진은 의친왕의 마음씀씀이에 감탄했다.

"놀랍군요. 의친왕 전하께서 그런 생각을 하고 계실 줄은 몰랐습니다."

"선임들은 우국충정으로 군문에 몸을 담게 된 사람들입니다. 그런 하나하나가 귀중한 대한의 신민들인데 불편하고 힘들게 하면 안 되지요."

"맞는 말씀입니다. 모두가 귀중한 인재들이지요."

"그런데 무슨 일로 저를 보자고 하신 겁니까?"

"별다른 이유는 없었습니다. 그동안 너무 격조한 것 같아서 입대하시기 전에 어떤 식으로라도 한번 뵙고 싶었습니다."

"아! 그러셨군요."

"그런데 황후마마는 자주 찾아뵙고 계십니까?"

의친왕의 안색이 흐려졌다.

"자주 찾아뵙고 인사를 드리고 싶습니다. 헌데 황후마마께서 저의 입궐을 꺼리시는 느낌이 들어서 쉽지가 않네요."

대진이 은근히 조언했다.

"그렇다고 해도 자주 찾아뵙도록 하세요. 그래야 없던 정도 생기지 않겠습니까? 그리고 황태자 전하도 자주 만나시고요."

의친왕은 뭔가 이상한 느낌이 들었다.

"무슨 일이 있는 겁니까? 후작님이 이런 말씀을 하시니 공연히 기분이 이상합니다."

대진은 고개를 가로저었다.

"다른 의도가 있는 것은 아닙니다. 황실고문으로서 황실의 안녕과 번영을 바라는 마음에서 이런 말씀을 드리는 겁니다."

대진의 말은 지극히 정상이었다.

그러나 의친왕은 이런 말을 들으며 무언가 달라졌다는 느낌을 들었다. 그리고 그러한 변화에 자신도 자유스러울 수 없다는 것도 감지했다.

그래서 더 자중했다.

"알겠습니다. 후작님의 말씀을 명심해서 앞으로의 처신에 유의하겠습니다."

"잘 생각하셨습니다. 제 사무실은 언제라도 열려 있으니 필요한 사안이 있으면 꼭 저를 찾아 주십시오."

의친왕의 모후는 귀인 장 씨다.

궁녀였던 그녀는 황제의 승은을 입어 의친왕을 낳으며 귀인이 되었다. 그러나 안타깝게도 황후의 질투를 받아 쫓기듯 궁을 나갔으며 10여 년 전 사망했다.

그래서 의친왕은 늘 외로웠다.

더구나 황후가 경계의 시선을 거두지 않고 있어서 주변에 사람도 없었다. 그런 의친왕에게 대진의 관심과 배려는 생경하면서도 고마웠다.

"알겠습니다. 어려운 일이 있으면 찾아뵐 터이니 모른 척하지 마십시오."

"물론입니다. 언제라도 찾아오세요."

대진은 대화를 나누면서 의친왕이 외로움을 많이 타고 있다는 것이 절로 느껴졌다. 그래서 더 살갑게 대해 주었으며 그런 대진의 배려를, 의친왕은 진심으로 고마워했다.

의친왕을 만난 이후에도 한동안 라디오 관련 업무로 바쁜 시간을 보냈다. 그러다 해외 각국에서 모여든 기술진을 교육시키기 위한 방송기술연구원도 성황리에 개원했다.

그러던 10월.

한양에 있는 국방과학연구소 분원에서 비행기 관련 소식이 날아왔다. 연락을 받은 대진은 곧바로 한양으로 내려갔다.

한양에 도착한 대진은 대기하고 있던 기차를 타고 여의도로 넘어갔다.

여의도는 오래전에 일본인 포로들을 동원해 제방을 쌓았다. 덕분에 지금은 비만 오면 대부분이 잠기는 섬이 아니었다.

이런 여의도에 국방과학연구소 분원이 자리 잡고 있었다.

국방과학연구소는 마포에 있었다.

그러다 남포와 거제도로 군사 무기와 함정 관련 부서가 이전했다. 그리고 남은 부서는 민간인 출입이 어려운 여의도로 이전해 있었다.

대진이 찾은 여의도에는 수십여 동의 크고 작은 건물이 산재해 있었다. 그런 여의도의 중앙에는 아스팔트로 포장된 활주로가 마련되어 있었다.

여의도로 들어가기 위해서는 몇 단계 검문 절차를 거쳐야 했다. 그런 절차를 지나니 몇 명의 사람들이 마중 나와 있었다.

그중 한 사람이 앞으로 나왔다.

"어서 오십시오. 여의도 분원을 맡고 있는 백철선 원장입니다."

여의도 분원에는 백령도함의 공군 정비사 출신들이 다수가 근무하고 있었다. 백철선도 백령도의 공군 정비사 출신이었다.

여의도 분원에서는 지금까지 각종 항공기의 부품을 직접 생산하고 있었다. 그러고는 백령도와 다른 함정에 탑재되어 있는 헬기와 수직이착륙기, 그리고 무인정찰기 등의 정비를 맡아 오고 있었다.

그런 여의도에서는 10여 년 전부터 극비리에 항공기 개발도 진행하고 있었다.

대진이 백철선과 반갑게 악수했다.

"오랜만에 뵙습니다. 그동안 잘 지내셨지요?"

"열심히 주어진 업무에 충실하고 있습니다."

백철선이 대기하고 있던 사람들을 소개했다. 그들은 모두 비행기 제작과 관련된 기술자들이었다.

인사를 마치자 백철선이 안내했다.

"가지시오. 수상 각하를 비롯한 다른 분들이 기다리고 계십니다."

안내를 받아 간 건물에는 수상과 국방대신을 비롯한 군 관계자들 10여 명이 기다리고 있었다. 대진은 그들과 반갑게 악수를 나누고는 지정된 좌석이 착석했다.

백철선이 앞으로 나섰다.

"오늘 여러 귀빈들을 모신 이유는 그동안 우리 분원에서 추진하고 있던 항공 기체를 완성했기 때문입니다."

동시에 전면의 천이 활짝 열렸다.

"오!"

모든 사람이 일제히 탄성을 터트렸다.

백철선의 설명이 이어졌다.

"보시는 대로 기체는 복엽기입니다."

탕! 탕!

그가 지휘봉으로 기체의 몸통을 때렸다. 그러자 둔탁한 쇳소리가 울려 퍼졌다.

"기체의 몸체는 전부 알루미늄입니다. 아시겠지만 알루미늄은 지구상에 흔한 광물이지요. 한반도에서 엄청난 양이 매장되어 있고요. 그런데 알루미늄을 재련하는 데 엄청난 비용이 필요하다는 문제점이 있습니다. 그래서 과거에는 금보다 비싼 취급을 받기도 했지요. 그러나 지난 1888년 미국과 프랑스에서 동시에 제련법이 발견되었습니다. 다행히 본국도 같은 시기 제련법을 개발해 특허 취득을 했고요. 하지만 문제가 있었다는 사실을 여러분도 잘 아실 것입니다."

대진이 나섰다.

"특허분쟁이 있었지요."

"그렇습니다. 다행히 세 곳 모두 개별 특허가 인정되었지요. 하지만 알루미늄을 바로 재련할 수가 없었습니다. 제련에 필요한 막대한 전력을 얻기가 어려웠기 때문이지요. 그러다 몇 년 전 압록강에 2개의 댐이 동시에 완공되면서 전력문제가 해결되었습니다."

대한제국은 압록강을 최대한 활용하고 있었다. 그래서 수풍댐을 비롯해 그보다 절반 규모의 운봉댐도 만들었으며, 추가로 댐 건설을 계획 중이었다.

백철선의 설명이 이어졌다.

"알루미늄 공급 문제를 해결한 우리는 기체 개발에 박차를 가했습니다. 그러나 비행기 엔진을 개발하는 일은 결코 쉽지가 않았습니다."

설명을 듣던 누군가 손을 들었다.

"제트엔진을 만지던 분들인데 프로펠러 엔진 개발이 쉽지 않았다니, 이해가 되지 않습니다."

"원론적으로는 맞는 말씀입니다. 그런데 문제는 저희들이 프로펠러 엔진을 한 번도 접하지 않았다는 사실이지요."

이어서 그동안의 개발 과정을 설명했다. 그의 설명은 꽤 오래 진행되었으며 참가자들은 고개도 돌리지 않고 집중해서 경청했다.

"……그런 과정을 거쳐 이 기체가 탄생했습니다."

수상 장병익이 일어났다. 그 뒤를 이어 사람들이 모두 일어나 기체로 다가갔다.

장병익이 먼저 입을 열었다.

"2인승인가?"

"기체는 2인승으로 설계했습니다."

"속도는 얼마나 나오지요?"

"600마력으로 최고 시속은 200km입니다."

"120~150km 정도가 적당하다는 말이군요."

"그렇습니다."

"최고 항속거리는 얼마나 되지요?"

"상승 고도는 3,500m이고, 폭탄을 장착하지 않으면 1,200km입니다."

장병익이 감탄했다.

"오! 초기 항공기치고는 상당히 뛰어난 기체로군요."

"대략 3세대 복엽기를 기준으로 만들었습니다. 그래서 초기 형태와는 성능도, 품질도 현격하게 차이가 납니다."

"기관총을 장착할 수 있겠지요?"

"물론입니다. 기관총은 물론 대형 폭탄도 장착이 가능합니다. 그렇게 되면 항속거리는 많이 떨어지지요."

"당연히 그렇겠지요."

이어서 다른 사람들의 질문이 쏟아졌다. 백철선이 그런 질문에 답변하느라 시간이 꽤 흘렀다.

대진은 질문을 하지 않았다. 그 대신 질의응답에 귀를 기울이며 무언가를 골똘히 생각했다.

그 모습을 장병익이 봤다.

"이 후작은 왜 가만히 있는 거지?"

"제가 하고 싶은 질문을 다른 분들이 하고 있어서 경청하고 있습니다."

"그게 아닌 것 같은데? 무엇을 걱정하는 거야?"

대진이 입을 열었다.

"최초의 항공기가 처음부터 군수용으로 제작한 것이 우려됩니다. 자칫 평화적인 수단보다 전쟁수단으로 더 알려지면 항공기에 대한 거부감이 커질 수도 있지 않겠습니까? 그리고 이 항공기를 어떻게 하면 세상에 제대로 알릴 수 있을까 생각하고 있었습니다."

백철선이 웃으며 설명했다.

"그 점은 걱정하지 않으셔도 됩니다. 군수용은 철저하게 본국에서만 운용될 것입니다. 그리고 이 항공기를 세상에 알리는 것도 이미 계획이 세워져 있습니다."

백철선이 손짓했다.

대기하고 있던 연구원이 궤도를 가져왔다. 그 궤도의 전면에는 '대륙대양 종단계획'이 적혀 있었다.

백철선이 궤도를 한 장 넘겼다.

"저희들은 이 항공기로 지구를 한 바퀴 돌리려고 합니다. 그래서 계획 명칭을 대륙대양 종단계획이라 붙였지요. 그러기 위해서는 기체를 개조해 원료를 최대한 적재할 계획입니다."

백철선의 설명은 거침이 없었다.

"……그런 뒤 요양을 출발해 하와이까지 비행합니다. 거기서 원료를 보충하고는 다시 캘리포니아로 날아가지요. 그리고 다시 미국 대륙을 종단해 뉴욕에 도착할 예정입니다. 그러고는 다시 원료를 보충하고는 대서양을 무착륙 종단해서 파리에 도착할 예정입니다."

그렇게 말한 백철선은 모두를 둘러봤다.

"그러고는 파리에서 다시 비행해 대륙을 종단해서 요양에 착륙하게 됩니다. 그렇게 되면 그야말로 지구를 한 바퀴 도는 여정이 되지요."

대진이 놀랐다.

"참으로 원대한 계획이네요. 나는 그저 태평양이나 대서양을 종단할 거라고 예상했습니다."

"기왕 세상을 놀라게 하려는 비행입니다. 그런 계획하에 하는 비행이라면 세상을 발칵 뒤집어야 한다고 생각했습니다."

대진이 격하게 동조했다.

"좋은 말씀입니다. 그러나 실패의 부담도 결코 적지 않은데 처음부터 너무 무리하는 거 아닙니까?"

백철선이 자신했다.

"보고는 드리지 않았지만 우리는 몇 개월 전부터 수백 시간의 비행 연습을 해 왔습니다. 그렇기 때문에 계획은 실패하지 않을 자신이 있습니다."

장병익이 정리했다.

"우선 시험비행부터 지켜보고 대화를 이어 나가도록 합시다."

"예, 알겠습니다."

백철선이 참석자들을 관람석으로 안내했다.

그곳에는 같은 형태의 항공기가 대기하고 있었다.

대진이 질문했다.

"몇 대의 시제기를 만든 것입니까?"

"총 3대입니다."

"그 시제기 모두 수백 시간의 비행 경력이 있는 것입니까?"

"그렇습니다. 우리 분원은 그동안 20여 명의 조종사들을 양성해 왔습니다. 비행 연습은 그런 조종사들이 돌아가면서 해 왔고요."

"철저하게 준비를 해 오셨네요. 고생들이 많았습니다."

"아닙니다. 모든 구성원들이 사명 의식을 갖고 정말 기쁜 마음으로 동참했습니다. 그 바람에 지금까지 단 한 건의 안전사고도 일어나지 않았고요."

"그러셨군요."

백철선이 손짓을 했다. 그러자 대기하고 있던 조종사 2명이 비행기에 탑승했다.

이어서 둔탁한 프로펠러 소리와 함께 시동이 걸렸다.

"지금부터 공식 시험비행을 시작하겠습니다."

항공기가 천천히 활주로까지 이동했다. 그런 항공기는 전방에 대기하고 있던 유도 요원이 힘차게 흔드는 깃발에 맞춰 활주로를 차고 나갔다.

부앙!

그렇게 달려 나간 항공기는 너무도 부드럽게 이륙에 성공했다.

"와!"

모두가 함성과 함께 격하게 박수로 성원을 보냈다.

하늘로 날아오른 항공기는 여의도를 한 바퀴 돌았다. 그리고 제물포 쪽으로 날아갔다가 10여 분 만에 돌아오더니 그다음에는 북한산 방면으로 날아갔다가 돌아왔다.

그렇게 총 30분에 달하는 시험비행을 마친 항공기는 활주로에 부드럽게 안착했다.

대진을 비롯한 사람들은 처음보다 더 격하게 박수로 환영했다. 이어서 무사히 귀환한 조종사가 귀환 인사를 하자 국방대신이 앞으로 나가 그를 끌어안았다.

"수고했다."

"감사합니다."

국방대신으로 인해 분위기가 후끈 달아올랐다. 이어서 조종사들의 비행 경험을 듣고는 하나같이 기뻐하며 열렬히 환호했다.

20여 일 후.

여의도의 국방과학연구소 분원에는 엄청난 사람들이 몰려들었다. 이들은 국내외 귀빈과 내외신 기자들로 세계 최초의 시험비행을 보기 위해서였다.

10여 일 전, 정부는 세계 최초의 비행 성공을 발표했다.

모든 신문은 1면 톱으로 기사를 게재했다. 소식이 게재되자 순식간에 신문 매진 사태가 발생했다.

그만큼 비행 성공은 놀라운 일이었다.

세계 최초의 비행 성공에 난리가 난 것은 국내보다는 국외였다. 지금까지 유럽과 미국에서는 수없이 많은 사람들이 비행을 꿈꿔 왔다.

그러나 누구도 성공하지 못했다. 몇 번인가 열기구가 개발되어 사용되었으나 그저 그때뿐이었다.

그런데 대한제국에서 항공기의 비행에 성공했다고 한다.

그것도 2명의 조종사를 태우고 무려 30여 분이나 비행했다고 한다.

이러한 소식은 유럽과 미국을 발칵 뒤집어 놓았다.

그런데 내외신 기자를 모아 놓고 시험비행을 한다고 한다.

소식을 들은 유럽 각국의 기자들이 대륙종단철도를 타고 대거 한양으로 몰려든 것은 당연했다. 거리가 먼 미국은 특파원을 파견하지 못하고 아시아 각지에 나가 있던 특파원들을 한양으로 불러 모았다.

그리고 당일.

수많은 사람이 보는 앞에서 실시된 시험비행은 대성공을 거뒀다. 모든 사람이 환호했으나 놀라움은 여기서 그치지 않았다.

그 자리에서 대양대륙횡단비행 계획을 발표된 것이다. 항공기로 지구를 한 바퀴 돌겠다는 계획에 모두는 경악할 정도로 놀랐다.

최초의 비행도 놀라웠다.

그런데 그보다 놀라운 사실이 발표된 것이다.

소설에서는 다양한 방법으로 80일 동안 세계일주를 한다. 그런데 항공기만으로 세계일주를 하겠다는 발표에 놀라지 않을 사람이 없었다.

7장

한동안 이 일로 세상이 들썩였다.

그러나 바로 항공기를 띄울 수는 없었다.

지금 세상에서 항공유를 만들 수 있는 나라는 대한제국뿐이었다. 그래서 중간 기착지로 항공유를 미리 배치해야 했다.

항공유는 유럽은 기차로, 하와이와 미국은 배와 기차로 각각 수송했다.

비행 기체도 장거리 비행에 맞게 손봐야 했다. 그리고 항공기가 착륙할 수 있는 장소도 미리 점검한 뒤 사람을 배치해야 한다.

이런 작업에 몇 개월이 소요되었다.

1990년 3월.

부앙!

드디어 제공호로 명명된 항공기가 여의도 비행장을 출발했다. 이 행사에 지난번보다 많은 인파가 모여들었다.

제공호는 열렬한 환송을 받고 이륙했다. 그러고는 하와이 호놀룰루까지 60시간 만에 도착했다.

이 소식은 전 세계로 타전되었다.

보급을 마친 제공호는 다시 이륙해 샌프란시스코까지 32시간 만에 주파했다. 이 소식은 미 대륙을 강타하면서 미국인들의 관심을 집중시켰다.

그리고 샌프란시스코에서 뉴욕까지 이틀도 안 되는 38시간 만에 주파했다. 이때는 이미 제공호가 도착할 장소와 시간이 신문을 통해 알려져 있었다.

그래서 제공호를 보기 위해 어마어마한 인파가 착륙 장소로 몰려들었다. 미국 관중은 제공호가 모습을 보이기 시작할 때부터 환호했다.

그러다 제공호의 조종사들이 모습을 보이자 환호는 엄청나게 커졌다. 조종사들은 사전교육을 받은 덕분에 여유만만하게 미국 군중을 상대했다.

그 바람에 환호는 더 커졌다.

130시간을 짧게 휴식하면서 비행했다. 그 바람에 조종사들은 지쳐서 뉴욕에서 이틀간 머물렀다.

그동안 미국 언론은 태평양과 미국 대륙을 횡단한 조종사들을 영웅으로 만들었다. 사흘째 되는 날에는 너무도 많은 인파가 호텔로 몰린 바람에 경찰까지 대거 동원되어야 했다.

조종사들이 대서양 횡단에 앞서 소감을 밝혔다.

"미국인의 환대에 감사합니다. 비록 이틀 동안이지만 우리 두 사람은 여러분의 성원을 결코 잊지 않을 것입니다."

"와!"

미국인들은 환호했다.

조종사들의 이런 인사는 의례적인 말에 지나지 않는다. 그럼에도 이미 영웅이 된 그들을, 미국인들은 열렬히 환호했다.

다른 조종사가 나섰다.

그는 능숙한 영어로 소감을 밝혔다.

"한국과 미국은 영원한 동반자입니다. 오늘 우리는 돌아가지만 여러분과의 우정은 마음속 깊이 간직하겠습니다. 감사합니다."

"와!"

환호가 더 커졌다.

그런 환호 속에는 미국과 한국을 연호하는 소리도 섞여 나왔다. 그러던 어느 순간 모든 관중이 한국과 미국을 연호했다.

제공호가 뉴욕시민의 열화와 같은 성원을 받으며 부드럽게 이륙했다. 그러고는 이별을 아쉬워하는 선회비행을 하고는 대서양으로 날아갔다.

뉴욕시민들은 제공호가 보이지 않을 때까지 한동안 자리

를 떠나지 않았다.

뉴욕에서 파리까지는 5,800여 킬로미터다.

이 거리를 제공호가 48시간에 주파했다.

그렇게 도착한 파리 교외에는 뉴욕보다 많은 사람들이 몰려와 있었다. 뉴욕에서의 열화와 같은 환영과 환송 과정이 전신을 타고 전달된 때문이다.

환영 인파는 끝도 보이지 않았다. 워낙 많은 인파로 인해 뒤쪽에서는 제공호의 착륙 장면이 제대로 보이지 않을 정도였다.

제공호의 조종사는 이런 관람객을 위해 두 번이나 선회비행을 해 주었다. 그로 인해 제공호가 착륙하기도 전에 함성은 온 천지를 진동시켰다.

대진은 파리에 미리 가 있었다.

대진은 제공호가 착륙하자 조종사들을 단상으로 데리고 올라갔다. 그러고는 뉴욕에서와 마찬가지로 도착 인사와 함께 감사를 전했다.

이런 인사에 파리시민의 환호는 더 커졌다. 대진은 조종사를 대기시켜 놓은 자동차를 이용해 호텔 행사장으로 데려갔다.

행사장에는 유럽 각지에서 모여든 기자들로 이미 만원이었다. 대진과 조종사들이 착석하자 기다렸다는 듯 기자들이 손을 들었다.

대진이 제지하고는 양해를 구했다.

"우선 우리 조종사들이 지금까지의 여정을 간략하게 소개하겠습니다. 그러고 나서 기자회견을 진행하겠으니 질문은 그 이후에 받겠습니다."

대진의 명성은 유럽에서도 상당했다. 그런 대진이 양해를 구하자 회견장은 일순간 조용해졌다.

대진의 손짓에 세계지도가 펼쳐졌다.

"여기 있는 두 명의 조종사들은 그동안 189시간에 가까운 비행을 해 왔습니다. 그 결과 태평양을 종단하고 아메리카대륙을 거쳐 대서양 종단에도 성공을 했습니다."

대진이 지도를 짚어 가며 설명했다. 그러고는 기자들을 둘러봤다.

"기자 여러분! 이러한 쾌거를 이룩한 조종사들은 영웅이라고 하지 않을 수 없습니다. 이미 미국의 언론은 이 두 사람을 영웅이라고 규정했지요. 기자회견에 앞서 인류 역사에 한 장을 장식한 이 조종사들에게 먼저 격려의 박수를 부탁드립니다."

모든 기자들이 열렬히 환호했다. 환호의 휘파람과 함께한 박수는 장내가 떠나갈 정도로 우렁찼다.

박수가 진정되며 대진이 나섰다.

"감사합니다. 그러면 지금부터 기자회견을 시작하겠습니다. 먼저 프랑스이니만큼 르피가로 신문부터 시작하겠습니다."

기자 한 명이 일어났다.

"후작님의 배려에 감사드립니다. 저는 르피가로의 샤를

기자입니다. 먼저 태평양과 대서양 종단에 성공한 조종사분들께 경의를 표합니다. 지금까지도 엄청난 거리를 비행하셨는데 남은 거리도 아직 많이 남았습니다. 앞으로 남은 거리는 어떻게 단번에 비행을 하실 겁니까?"

조종사가 답변했다.

"파리에서 본국의 한양까지는 9,000여 킬로미터입니다. 지금 우리 제공호로는 한양에서 하와이 호놀룰루 정도인 6,000㎞가 한계입니다. 그래서 러시아의 옴스크에서 연료를 재보급받아야 합니다."

다른 기자가 질문했다.

"그러면 비행거리를 더 늘릴 방법은 없는 겁니까?"

"당연히 있습니다만 제공호의 기체로는 한계가 있다는 뜻입니다. 그러나 동체가 커지고 엔진의 추진력이 커진다면 태평양 종단도 충분히 가능합니다."

다른 기자가 질문했다.

"후작님께 여쭙겠습니다. 이번에 시험비행한 제공호가 전부입니까?"

"아닙니다. 시범적으로 3대를 만들었고 성능은 동일합니다."

누군가 민감한 질문을 했다.

"그러면 제공호도 다른 나라와 합작 생산을 하게 됩니까?"

대진이 딱 잘랐다.

"항공기는 합작 생산할 계획이 없습니다."

"아!"

여기저기서 아쉬운 탄성이 터졌다.

대진이 분명히 밝혔다.

"제공호의 정식 명칭은 K-1입니다. K-1의 양산 체제를 구축하려면 몇 년의 시간이 필요합니다. 그렇게 양산 체제가 완성되면 우선적으로 본국의 수요부터 충당해야 합니다."

기자들이 아쉬워했다.

대진이 설명했다.

"우리가 파악한 바로는 국내 수요는 적어도 100대 이상입니다. 수출은 그러한 국내 수요를 충당하고 난 뒤에 시작할 계획입니다."

이 말에 감탄사가 터졌다.

누군가 질문했다.

"처음부터 대량생산 체제를 구축하면 수출도 병행할 수 있지 않겠습니까?"

대진이 고개를 저었다.

"당장은 어렵습니다. 시간이 지나면 당연히 그렇게 할 것이고요. 비행 기체도 대형화해서 수십 명을 수송하는 여객기도 만들 계획입니다. 아울러 수십 톤의 화물을 수송할 수 있는 수송기도 만들 것이고요. 그러나 지금은 K-1의 성능 안정이 우선입니다."

"대량생산은 그 이후라는 말씀이군요."

"그렇습니다. 항공기는 사고가 나면 무조건 대형 사고입니다. 그렇기 때문에 무엇보다 안전이 우선이지요."

수많은 질문이 쏟아졌다.

대진은 그런 질문들에 적절히 대답했다. 그러다 필요할 때만 조종사들이 직접 설명하게 했다.

그럼에도 2시간이 쏜살같이 지났다. 대진이 기자들에게 양해를 구했다.

"자! 오늘의 회견은 여기서 마무리하겠습니다. 여러분도 알다시피 우리 조종사들은 이틀 동안 교대로 쪽잠을 자며 대서양을 넘어왔습니다. 그런 우리 조종사들이 편하게 쉬어야 남은 일정을 소화할 수 있습니다."

기자들은 아쉬워했다. 그러나 대진의 정중한 요청에 누구도 반발하지 않았다.

그렇게 회견을 끝낸 대진은 조종사들을 이틀 동안 호텔에서 푹 쉬게 했다.

그동안 유럽의 모든 신문은 제공호와 관련된 기사로 도배되었다. 기사가 게재되면서 대한제국의 위상은 그 어느 때보다 높아졌다.

그리고 사흘째 되는 날.

뉴욕 외곽에는 프랑스뿐이 아니라 유럽 각국에서 몰려든 군중으로 인산인해였다. 워낙 많은 인파가 몰리는 바람에 뉴욕처럼 작별인사는 못 했다.

그 대신 이륙한 제공호가 몇 번의 선회비행으로 모여든 군중의 환호에 호응해 주었다.

그러고는 동쪽으로 날아갔다.

파리를 출발한 제공호는 옴스크에서 재급유를 받았다. 그러고는 한나절을 휴식하고 다시 출발해 한양에 도착했다.

휴식시간을 제외하면 80시간이 넘는 비행이다. 이전까지는 평균속도를 120㎞로 유지했으나 마지막 비행인 탓에 속도가 조금 떨어졌다.

한양에도 뉴욕과 파리에 못지않게 많은 군중이 운집했다. 나라에서는 제공호의 귀환에 맞춰 처음으로 여의도를 개방되었다.

그런 여의도가 가득 찰 정도로 수많은 사람들이 모여들었다. 미국의 기자들도 대거 입국한 덕분에 내외신 기자들도 처음보다 훨씬 많이 모였다.

비행시간만 258시간, 10일이 훨씬 넘었다. 중간중간에 취한 휴식을 포함하면 거의 20여 일의 여정이었다.

그런 사람들이 기다리고 있는 여의도로 제공호가 사뿐히 내려앉았다. 그 순간 모여 있던 군중이 일제히 환호했다.

"와!"

"만세!"

기자들은 연신 카메라 셔터를 눌렀다.

그렇게 모두의 관심을 받으면서 제공호가 천천히 활주로를 이동했다. 그러고는 귀빈들이 모여 있는 단상 앞에 멈췄다.

대기하고 있던 정비사들이 뛰쳐나갔다. 그러고는 제공호의 문을 열고 조종사들을 정중히 모셨다.

조종사들이 보이자 군중은 다시 환호했다. 조종사들은 그런 군중에게 손을 흔들며 인사했다.

지상에 내려선 조종사들은 보조를 맞춰 단상으로 걸어왔다. 단상에는 수상을 비롯한 수십 명의 귀빈들이 기다리고 있다가 일어났다.

조종사들이 단상 앞에 도열했다.

수상 장병익이 앞으로 나섰다.

"충성! 대위 이진호! 중위 전형진은 대륙 대양 횡단비행을 마치고 무사히 귀환했습니다. 이에 복귀를 신고합니다. 충성!"

두 사람이 복귀 신고를 했다.

그 장면을 모든 기자들이 사진기에 담았다.

장병익이 답례했다.

"그동안 고생이 많았다. 그대들의 무사 귀환을 모든 국민과 함께 진심으로 축하한다."

"감사합니다."

장병익이 두 사람의 손을 굳게 잡았다. 이어서 단상에 있던 귀빈들이 그들과 악수하며 무사 귀환을 축하해 주었다.

이때였다.

부앙!

하늘에서 프로펠러 소리가 들렸다.

이어서 2대의 제공호와 동일 기종의 항공기가 나란히 행사장으로 날아왔다. 그렇게 날아온 항공기는 오색종이를 터트렸다.

그 순간.

하늘이 색종이로 뒤덮였다.

제공호의 무사 귀환을 축하하는 비행이었다. 지상에 있던 사람들은 환상적인 모습에 놀랐다.

기자들은 연신 셔터를 눌렀으며 관중은 생전 처음 보는 장면에 환호했다. 축하 비행에 나선 2대의 비행기는 몇 번이나 여의도 상공을 맴돌며 영웅들의 귀환을 환영했다.

대진은 이때 파리에 머무르고 있었다. 그래서 영웅들의 귀환을 공사관 응접실에서 신문으로 확인하고 있었다.

대진의 옆에 이기운이 앉아 있었다.

"파리의 모든 신문이 제공호의 세계일주 기사로 도배를 하고 있어."

대진이 신문을 내려놓았다.

"그러게 말입니다. 근래 들어 유럽에서 이 정도로 이슈가 된 사건이 있었습니까?"

이기운이 고개를 저었다.

"없었지. 연초에 남아프리카 지역에서 보어전쟁이 벌어졌다는 기사가 난 적이 있었지만 이 정도로 열흘 넘게 도배를 하지는 않았어. 아! 미국스페인전쟁도 잠깐 화제가 된 적이 있었지만 그것도 이 정도로 화제가 되지는 않았지."

"라디오는 어땠습니까?"

"그때도 며칠 동안 난리도 아니기는 했지만 이 정도는 아니었네. 그러고 보니 전쟁이 아닌 일로 이 정도로 화제가 된 경우는 처음이구나."

"이번 일이 우리 대한제국의 위상 제고에 큰 도움이 되었겠지요."

격하게 동조하는 이기운에게 대진이 고개를 끄덕였다.

"물론이지. 전쟁보다 더 화제가 될 정도인데 당연히 도움이 되고도 남지. 이번 일 덕분에 우리나라를 모르는 사람은 이제 없을 거야."

"다행입니다."

"그동안에도 유럽은 우리 제국을 쉽게 보지는 못했어. 대륙종단철도도 그렇지만 자동차를 비롯해 해마다 각종 신제품을 쏟아 내고 있었잖아."

대진도 알고 있는 사실이었다.

"그랬을 겁니다. 플라스틱 같은 경우는 보통 사람들의 생활까지 바꿀 정도의 물건이니까요."

"플라스틱도 대단한 물건이지. 그러나 백미는 이번 세계 일주 비행의 성공이야. 유럽의 귀족이나 부호들은 늘 호화

여객선을 타고 세계를 여행하는 꿈을 꾸지. 실제로 그러기도 하고. 그런 귀족과 부호 들에게 이번의 행사는 새로운 꿈을 심어 주게 되었잖아."

"비행기로 여행을 하는 꿈 말입니까?"

"그래. 유럽은 귀족과 부호의 세상이야. 그들에게 이번 성공으로 우리 대한제국을 확실하게 각인시켜 주었어. 유럽의 웬만한 나라보다 발달한 과학 문명을 보유한 나라로 말이야."

대진이 흡족해했다.

"이번 행사는 대성공으로 자평해도 되겠습니다."

"당연히 그래도 돼. 그리고 더 기분 좋은 소식이 있어."

"그게 무엇입니까?"

"요즘 유럽의 젊은 과학자들 사이에서 본국 유학을 검토하는 사람이 대폭 늘어났다는 사실이야."

대진이 몰랐던 사실이다.

"아! 그렇습니까?"

"지난 20여 년 동안 우리는 해마다 신제품을 세상에 내놓아 왔잖아. 그렇게 만들어진 물건 중에는 세상을 바꾼 물건도 상당수 있었고. 그런 일이 쌓이면서 세상 물정을 잘 모르는 과학도들도 우리나라를 주목하게 된 거지."

"아주 좋은 현상이네요. 기왕이면 유럽의 많은 젊은이들이 유학을 왔으면 좋겠네요."

이기운이 우려했다.

"기술 유출이 될 수도 있잖아?"

"어느 정도는 감안해야지요. 하지만 크게 걱정하지 않아도 됩니다. 지금까지 다져 놓은 기반이 있기 때문에 우리는 이제 유럽, 미국보다 항상 한 걸음 앞서 나갈 수 있게 되었습니다."

이기운도 바로 동조했다.

"그렇기는 하지. 지속적으로 신기술을 개발해 나가면 크게 문제가 될 일은 없을 거야."

대진이 시계를 보고 일어섰다.

"가시지요. 로스차일드 은행장을 만날 시간이 되었습니다."

"그렇게 하세."

잠시 후 대진과 이기운이 알퐁스 로스차일드와 마주 앉았다.

그가 먼저 인사했다.

"축하드립니다. 제공호가 무사히 요양에 안착했다는 신문 보도를 봤습니다."

대진이 답례했다.

"감사합니다."

세 사람은 이번 횡단비행을 주제로 한동안 한담을 나눴다. 그렇게 대화를 나누던 알퐁스 로스차일드가 먼저 본론으로 들어갔다.

"무슨 일로 저를 보자고 한 것입니까?"

대진이 감사의 인사를 했다.

"우선은 자동차에 이어 이번에도 라디오 합작 사업을 추진하게 되어 감사드립니다."

알퐁스 로스차일드가 호탕하게 웃었다.

"하하하! 별말씀을 다 하십니다. 두 합작 모두 귀사가 우리 가문의 손을 잡아 주지 않았다면 결코 성사될 수 없었습니다. 더구나 라디오 공장은 비용도 크게 들지 않는 일이었고요."

여기까지 말한 그의 목소리가 은근해졌다.

"무엇보다 우리 가문을 찍어서 라디오방송 시스템을 넘겨주신 것에 감사합니다. 덕분에 우리 가문은 금융 이외에 또 하나의 자산을 갖게 되었습니다."

대진이 감탄했다.

"역시 은행장님의 감각은 탁월하십니다. 직접 보신 적도 없으면서 방송의 위력을 너무도 잘 알고 계시니 말입니다."

"과찬입니다. 저는 신문보다 방송이 장차 더 큰 위력을 가지게 될 거라 확신하고 있습니다."

이기운이 거들었다.

"현명한 판단이십니다. 귀 가문이 라디오방송을 장악한 것이 앞으로 사업을 펼치시는 데 두고두고 큰 도움이 될 겁니다."

"감사합니다."

대진이 본론을 꺼냈다.

"우리 대한무역은 이번에 본격적으로 유전 사업을 시작하려고 합니다. 그래서 그 사업에 귀 가문이 도움을 주셨으면 해서 찾아뵀었습니다."

알퐁스 로스차일드가 긴장했다.

"유전 사업을 자금도 많이 필요하지만 기술력도 중요합니다. 그런 사업에 귀사가 관심을 갖고 있을 줄은 몰랐습니다."

"은행장님께서는 본국의 화학 기술이 세계 최고인 사실은 알고 있습니까?"

"규모는 잘 모르지만 상당하다는 정도는 알고 있습니다. 미국의 듀폰과도 합작하고 있다는 사실도 알고 있고요."

"그러시군요. 화학의 기반은 원유가 전부라 해도 과언이 아닙니다. 물론 석탄처럼 다른 기반이 없지는 않지만 사업적인 면에서는 원유가 절대적인 비중을 차지하지요."

"그렇습니까?"

"예, 그리고 원유는 어떻게 가공하느냐에 따라서 수익성이 천차만별이 되고요."

"그 부분은 알고 있습니다."

"본국은 이미 오래전부터 원유를 생산하고 있지요. 그래서 원유 생산 기술은 물론이고 최고의 정제 기술도 보유하고 있지요. 그런 기술이 있었기에 지금처럼 수많은 화학제품을 대량생산할 수 있는 것이고요."

"으음!"

"그러한 기술을 바탕으로 이번에 유전 사업을 진행하려는 겁니다."

로스차일드가문도 유전에 투자하고 있었다. 그래서 누구보다 유전 개발에 대해 잘 알고 있었다.

"아제르바이잔의 바쿠유전에 투자하시려는 겁니까?"

대진이 고개를 저었다.

"아닙니다. 바쿠유전은 투자자가 많은 것으로 알고 있습니다. 그중 귀 가문과 노벨 가문의 투자가 상당하다는 사실도 알고 있고요."

알퐁스 로스차일드가 인정했다.

"맞습니다. 바쿠 유전에는 우리 가문이 상당한 지분을 갖고 있지요. 그렇지만 바쿠유전은 아직도 개발할 여지가 많습니다."

대진이 다시 고개를 저었다.

"바쿠유전의 매장량이 상당하다는 정도는 파악하고 있습니다. 하지만 좋은 관계를 유지하고 있는 귀 가문과 불편한 관계를 바라지 않습니다. 그래서 우리는 루마니아 일대에 투자하려고 합니다."

유럽에는 오래전부터 유전 지대로 이름 높은 지역이 있다. 그중 하나는 아제르바이잔의 바쿠유전 지대이며 다른 하나는 루마니아유전이다.

바쿠유전은 1870년대부터 투자자가 몰리면서 원유를 양산하고 있었다. 반면에 루마니아유전은 아직 개발 초기 단계여서 투자가치가 훨씬 높았다.

알퐁스 로스차일드가 감탄했다.

"고마운 말씀이군요. 우리 가문과의 관계를 위해 바쿠가 아닌 루마니아유전을 개발하려 하다니요."

"좋게 봐주셔서 감사합니다."

"우리가 무엇을 도와드리면 되겠습니까?"

"귀 가문은 루마니아 왕실과 상당한 친분이 있는 것으로 압니다."

"루마니아국왕인 카롤 1세는 독일의 호엔촐레른 가문 출신이었지요. 그러다 루마니아공국의 초대 공작인 쿠자 공작이 쿠데타로 퇴임하면서 후임 공작이 되었지요. 그 후 여러 우여곡절을 거쳐 루마니아가 오스만에게 정식으로 독립하면서 초대 국왕이 된 것이고요. 그런 국왕과는 오래전부터 인연이 있지요."

"잘되었군요. 은행장님께서 우리가 루마니아에서 유전 개발을 할 수 있도록 국왕에게 다리를 놔주셨으면 합니다."

알퐁스가 딱 선을 그었다.

"연결을 해 드리는 것은 어렵지 않습니다. 하지만 카롤 국왕이 귀국에 개발권을 넘겨주는 것은 별개의 사안입니다. 그리고 카롤 국왕이 독일 출신이지만 루마니아를 강력하게 통치하고 있다는 사실도 간과하면 안 됩니다."

"그 정도는 알고 있습니다. 카롤 국왕이 전제군주처럼 통치를 하고 있지만 누구보다 열정적으로 국가 발전에 헌신하고 있다고 들었습니다."

"그렇기는 합니다."

"우리가 파악하기로 카롤 국왕은 유전을 대대적으로 개발하고 싶어 한다고 합니다. 그러나 자체 기술력이 부족하고 믿을 만한 파트너가 없어서 고심하고 있다고 하더군요."

알퐁스 로스차일드의 눈이 커졌다.

"대단하군요. 후작님께서 우리가 모르는 정보까지 입수하고 계실 줄은 몰랐습니다."

잠깐 고심하던 그가 흔쾌히 동의했다.

"좋습니다. 이번 일은 제가 직접 나서 보지요."

"감사합니다."

"그 대신 투자 협상은 알아서 하셔야 합니다."

대진은 알퐁스 로스차일드가 합작을 제안할 줄 알았다. 그런데 의외로 합작 제안을 하지 않는 것을 보고 루마니아국왕의 성정이 만만치 않다는 점을 어렵지 않게 짐작할 수 있었다.

그러나 대진은 개의치 않았다.

"알겠습니다."

그리고 며칠 후.

알퐁스 로스차일드로부터 연락이 와서 로쉴드은행으로 건

너갔다. 그러고는 루마니아국왕이 대진을 직접 만나 보고 싶다는 의사를 전달받았다.

대진은 알퐁스 로스차일드에게 감사를 전하고는 돌아왔다. 그러고는 파리에 있는 루마니아 공사관을 찾아 비서들의 비자를 신청했다.

대한제국과 루마니아는 아직 수교 전이었다. 그럼에도 미리 연락을 받아서인지 비자는 신청 즉시 발급되었다.

비자를 받은 대진은 비서들을 대동하고 기차를 탔다. 대진이 탄 기차는 오리엔탈 특급으로 파리에서 이스탄불까지 기차와 페리로 연결된 노선이다.

오리엔탈 특급은 증기기관차가 이끌었다. 그런 증기기관차는 평균 시속이 20㎞도 나지 않았다.

다구나 주요 도시마다 몇 시간씩 정차했다. 이렇듯 말만 특급이고 완행이나 다름없는 기차 여정은 사람을 질리게 했다.

그런데 놀랍게도 1등석을 탄 귀족과 부호 들은 이를 너무도 당연하게 생각했다. 그러면서 시간만 나면 식당에서 대화하며 시간을 보냈다. 자연히 대진도 시간을 때우기 위해 이들과 통성명을 하고 대화할 수밖에 없었다.

다행히 대진과 인사를 나누는 이들마다 하나같이 대진의 존재를 놀라워하고, 친절하게 대하며 대진과 인연을 맺으려 했다. 덕분에 이들과의 대화는 지겨운 여정을 보내는 데 큰 도움이 되었다.

파리에서 부쿠레슈티까지 2,300여 킬로미터다. 이 거리를 오리엔탈 특급은 무려 열흘이나 걸려서 도착했다.

그렇게 열흘 만에 도착한 부쿠레슈티는 대진을 놀라게 했다. 역 광장 주변 건물이 너무도 아름다웠기 때문이다.

대진이 감탄했다.

"대단하다. 그동안 유럽을 많이 둘러보았는데 이 도시는 유럽의 어느 곳보다 아름답구나."

비서도 감탄했다.

"그러게 말입니다. 파리는 흉물스러운 에펠탑이 어느 곳에서도 보이는데 여기는 그게 없어 더 아름다운 것 같습니다."

이런 대진에게 제복을 입은 몇 명이 다가왔다. 그러고는 능숙한 영어로 질문했다.

"혹시 한국에서 오신 이대진 후작님이십니까?"

대진이 나섰다.

"그렇습니다. 내가 이대진입니다."

제복의 사내가 환하게 웃었다.

그가 자신을 소개했다.

"인사드리겠습니다. 저는 왕실 시종장인 미하이 에미네스쿠라고 합니다. 국왕 전하의 명으로 후작님을 모시러 왔습니다."

대진이 손을 내밀었다.

"앞으로 잘 부탁합니다. 대한제국 후작 이대진입니다."

"가시지요."

시종장은 대기하고 있던 자동차로 대진과 비서들을 태웠다. 그러고는 시종장이 양해를 구했다.

"국왕 전하께서 여름궁전인 시나이아의 펠레시 성에 머무르고 계십니다. 이곳에서 그곳까지 140여 킬로미터 떨어져 있어서 한동안 차로 이동해야 합니다."

"알겠습니다."

도로는 포장은 되어 있지 않았지만 상태가 좋았다. 그 덕분에 3시간여 만에 도착할 수 있었다.

펠레시 성은 언덕에 위치해 있었다. 네오-르네상스 형식으로 지어진 성은 한눈에 봐도 아름다웠다.

대진이 감탄했다.

"대단히 아름다운 성이네요."

시종장이 설명했다.

"국왕 전하께서 이 일대의 경관이 마음에 들어 20여 년 전부터 축성을 했지요. 그럼에도 완성되지 않은 부분이 꽤 있답니다."

그의 설명대로 몇 곳은 아직 공사 중이었다.

"가시지요. 전하께서는 본관 1층 집무실에서 기다리고 계십니다."

시종장이 본관 집무실로 안내했다.

"어서 오시오."

대진은 정중히 자신을 소개했다. 카롤 국왕은 독일 출신답게 무뚝뚝하게 인사를 주고받았다.

"이 후작이 놀라운 활약을 펼친다는 소식은 자주 접하고 있었습니다. 그래서 어떤 분인지 꼭 한 번은 만나 보고 싶었습니다."

"감사합니다."

대진이 소파에 앉자 홍차가 나왔다. 대진이 차를 한 모금 마시고서 감탄했다.

"차 맛이 아주 훌륭합니다."

"입에 맞는다니 다행이군요. 실론에 있는 영국 왕실 전용 차밭에서 재배한 찻잎으로 만든 홍차이지요."

국왕은 무뚝뚝한 표정과 달리 부드러운 목소리로 설명했다. 이때부터 한동안 차와 횡단비행 성공, 대진의 활약 등을 주제로 대화가 이어졌다.

대진은 대화를 나누면서 카롤 국왕에 대해 놀랐다. 국왕이 자신의 활동에 대해 의외로 많이 알고 있었기 때문이다.

카롤 국왕이 먼저 본론으로 들어갔다.

"프랑스의 알퐁스 로스차일드 남작이 연락을 해 왔더군요. 후작께서 본국에서 유전 개발을 하고 싶다고 말입니다."

"그렇습니다."

대진이 자국의 기술력과 자본력을 설명했다.

"……그래서 전하께서 허락만 해 주신다면 루마니아유전 개발에 대대적인 투자를 하고 싶습니다."

"이 후작의 개인 자격입니까? 아니면 귀국이 직접 투자하는 겁니까?"

"본국에는 수십 개의 회사를 운영하는 대한그룹이라는 기업집단이 있습니다. 그 대한그룹에는 대한석유라는 회사가 있는데 그 회사가 투자를 할 것입니다."

"미국의 스탠더드 오일과 같은 석유회사가 투자를 하겠다는 거로군요."

"그렇습니다."

대진은 대한그룹에 소속된 회사에 대해 설명했다. 카롤 국왕이 무겁게 고개를 끄덕였다.

"대한그룹이 세계적인 명성의 회사들이 다수 속한 기업집단이군요. 그렇다면 자금력은 어느 기업보다 탄탄하겠군요."

"자본은 조금도 걱정하지 않아도 됩니다."

카롤 국왕의 표정이 긍정적이 되었다.

"지금까지 본국에 투자를 하겠다는 회사가 몇 곳 있었지요. 그럼에도 나는 지금까지 단 한 곳도 허용해 주지 않았지요. 후작은 내가 왜 그런 판단을 했는지 아시나요?"

대진이 고개를 저었다.

"모르겠습니다."

카롤 국왕이 설명했다.

"10% 내외의 세금만 물겠다고 하더군요. 그게 기본적이라면서요. 석유가 아무리 매장 자원이라지만 무한정 뽑아 쓸

수는 없는데 말이지요. 그래서 지금까지 투자 요청을 거부해 온 것입니다."

"대단하십니다. 대개의 나라에서는 꾸준한 세수 확보가 된다면 비율은 별로 따지지 않습니다. 그런데 전하께서는 전혀 다르시군요."

대진이 칭찬에 카롤 국왕이 처음으로 미소를 지었다. 그런 국왕을 보면서 대진이 제안했다.

"전하께서는 어느 정도의 비율이면 적당하다고 생각하십니까?"

카롤 국왕이 노련하게 비켜 갔다.

"그거야 투자하겠다는 쪽에서 조건을 제시해야지요. 비율을 내가 먼저 말하는 것은 아니라고 생각합니다."

"유전 사업이 장치산업이어서 초기 투자 비용을 상당히 투입해야 한다는 사실은 아시는지요."

카롤 국왕이 동의했다.

"물론입니다. 유전 개발에 필요한 기본적인 투자는 해야겠지요. 하지만 우리나라의 유전은 거의 지표에 매장되어 있어서 투자 비용이 많이 들어가지 않을 겁니다."

"그렇다면 다행이네요. 그러나 유전은 시간이 지날수록 고정비용은 급격히 상승합니다. 그리고 정제하는 데에도 막대한 투자가 필요하고요."

순간 카롤 국왕의 눈이 커졌다.

"원유를 정제해서 판매한단 말입니까?"

"그렇습니다. 그래야 수익을 극대화할 수 있으니까요."

"귀사가 정제 기술도 갖고 있다는 거군요."

"이번에 지구 횡단 비행에 성공한 항공기도 본국이 정제한 항공유를 사용했습니다. 그럴 정도로 우리의 원유 정제 기술은 세계 최상이지요."

대진이 원유 정제 기술을 간략해 설명했다. 국왕은 처음으로 침음하며 더 많은 관심을 보였다.

"으음!"

고심하던 국왕이 먼저 제안했다.

"30%를 주시오. 그리고 본국에 정유공장을 세워서 경영해 주시오. 귀사가 그렇게만 해 준다면 우리 루마니아유전 개발에 대한 전권을 주겠소."

대진은 내심 환호했다.

루마니아국왕이 대놓고 요구할 정도로 30%의 비율은 높다. 그러나 루마니아유전 개발의 전권이라면 말이 다르다.

미래를 알고 있는 대진에게는 30%는 충분히 감당할 수준이었다. 더구나 루마니아의 원유 매장량이 엄청나다는 장점도 있었다.

하지만 겉으로는 펄쩍 뛰었다.

"30%는 너무 많습니다. 전하께서도 아시겠지만 바쿠유전은 10~12%입니다."

국왕도 물러서지 않았다.

"그래서 우리나라 유전의 개발 전권을 준다고 하지 않습니까? 바쿠의 매장량은 우리보다 많은 것은 사실입니다. 그러나 여러 회사가 진출해 있어서 어느 회사든 우리 루마니아만큼의 매장량을 확보할 수 없습니다."

"흐음!"

대진이 고심하는 척했다.

카롤 국왕이 추가 조건을 제시했다.

"만일 귀사가 제안을 받아들인다면 유전을 개발할 때 국가 차원에서 적극 도와주겠소."

대진이 슬쩍 떠봤다.

"전하께서 하신 제안은 받아들이기 어려운 조건입니다. 그럼에도 받아들여서 사업을 하고 있는데 후대가 그것을 번복하면 어떻게 합니까?"

카롤 국왕이 단호히 대답했다.

"계약서에 영구불변이라는 단서 조항을 삽입할 것이오. 그러니 그 부분은 조금도 걱정 마시오."

카롤 국왕은 자신의 제안이 무리라는 점을 알고 있었다. 그럼에도 대진이 관심을 보이자 의외의 조건까지 제시하며 적극적으로 나섰다.

대진도 적당히 밀고 당기며 관심이 있다는 것을 숨기지 않았다. 두 사람의 이런 태도 덕분에 협상은 급진전되었다.

루마니아는 지금까지 나름대로 유전을 적극적으로 개발하고 있었다. 그 결과 해마다 수백 톤의 원유를 채굴해 판매하였으며 부쿠레슈티 가로등도 석유등으로 전부 교체했다.

그러나 이는 빙산의 일각이었다.

루마니아에는 상당량의 원유가 매장되어 있었다. 단지 자금과 기술력이 부족해 대규모로 유전을 개발하지 못했을 뿐이었다.

그렇게 개발의 목마름을 한창 느끼고 있을 무렵, 대진이 방문한 것이다. 서로의 이해가 맞물리면서 협상은 의외로 쉽게 풀려 나갔다.

대진이 승낙했다.

"좋습니다. 그러면 제대로 된 협상을 시작해 보도록 하시지오."

카롤 국왕도 적극 동조했다.

"그럽시다. 우리도 제대로 된 협상단을 꾸미겠습니다."

대진은 며칠 동안 머물렀다.

그러는 동안 루마니아협상단과 매일 만나 협상했다. 그런 협상 끝에 양측이 최선을 다한 결과를 이끌어 냈다.

카롤 국왕은 아주 만족해했다.

"우리 요구 조건을 받아들여 주어서 고맙소이다. 내가 요구를 했지만 솔직히 받아들여질지 확신 못 했소이다."

대진도 숨기지 않았다.

"부담이 되는 것은 사실입니다. 하지만 양국의 우호증진과 미래를 생각해서 받아들이게 되었습니다."

"고마운 말씀이지요. 이번 협상으로 양국이 정식으로 수교를 하게 되어서 나도 기쁘기 한량이 없습니다."

두 사람은 웃으며 악수를 나눴다.

펑! 펑! 펑!

기다리고 있던 사진사가 이를 촬영했다.

기념 촬영을 마친 대진은 곧바로 이동했다. 그런 대진이 파리로 돌아오기도 전에 협상 결과는 유럽의 여러 신문에 게재되었다.

유럽은 또 한 번 놀랐다.

루마니아에 원유가 대량으로 매장되었다는 사실은 이미 공공연한 비밀이다. 그래서 많은 사업가가 투자 제안을 했으나 모조리 실패했다.

그런데 대진은 단번에 협상에 성공한 것이다. 그것도 독점 사업권을 따냈다는 사실에 유럽이 놀랐다.

파리에 도착한 대진은 알퐁스 로스차일드를 만나 감사를 표시했다. 그는 어려운 협상을 성공시킨 것을 축하하며 파티까지 열어 주었다.

파티에서 대진은 달라진 위상을 실감했다. 파티에는 파리의 유명 인사 대부분이 참석했다.

참석자들은 이미 세계적인 인사가 된 대진과 인연을 맺으려 몰려들었다. 그 바람에 대진은 파티 내내 생각지도 않은 곤욕을 치러야 했다.

그런 다음 날.

이기운과 직원의 전송을 받으며 귀국했다. 파리를 출발한 대진은 베를린에서 기차를 갈아탔다.

그러고는 모스크바에서 다시 대륙종단열차를 갈아타고는 대륙을 관통해 귀국했다. 요양에 도착한 대진은 곧바로 황제부터 알현했다.

협상이 성공했다는 소식은 이미 보고되어 있었다.

황제가 크게 웃으며 환대했다.

"하하하! 어서 오세요. 이 후작이 이번에도 큰일을 해냈군요."

"황감합니다. 이번 성공은 발상의 전환 때문에 성공한 것입니다."

그러면서 협상 과정을 설명했다.

황제가 대번에 우려했다.

"생산량의 30%나 루마니아에 준다면 너무 많은 것 같은데 나중에 문제가 되진 않나요?"

"조금 부담스러운 것은 사실입니다. 하지만 우리가 보유하고 있는 선진 기법의 채굴과 정제 기술이라면 극복할 수 있는 정도입니다."

대진이 간략히 협상 내용을 설명했다.

황제가 고개를 끄덕였다.

"이 후작이 그렇다면 맞겠지요. 그런데 놀랍네요. 유럽은 본래 우리보다 훨씬 기술력이 앞선 지역입니다. 그런 유럽에서 자원개발권을 획득하였으니 말입니다."

대진이 정리했다.

"유럽의 석유업자들의 탐욕 덕분이지요."

"아! 말이 그렇게 되나요?"

대진이 설명했다.

"아직까지 세상은 석유의 가치에 대해 잘 모르는 있습니다. 석유 시추 기술도 일천해서 유전 개발에 많은 비용이 소요되고요. 유럽의 석유업자들을 혹시 발생할 수 있는 비용에 대한 책임을 지지 않으려는 경향이 강합니다. 반면에 우리는 그들보다 월등한 기술력을 보유하고 있어서 충분히 감당할 수 있는 것이고요."

"보유한 기술력의 차이가 좋은 결과를 얻게 되었다고 해야겠네요."

"그 말씀도 맞습니다."

황제가 크게 치하했다.

"어쨌든 축하합니다. 이로써 우리 대한제국이 유럽에 또 다른 거보를 내딛게 되었네요."

대진도 동조했다.

"황감하옵니다. 유럽은 상당히 폐쇄적인 시장입니다. 아직까지 미국 자본도 거의 진출하지 못할 정도로요. 그런 유럽에서 우리가 자원을 개발한다는 사실은 아주 의미가 깊은 사건입니다."

황제가 아주 흡족해했다.

그러던 황제가 주제를 바꿨다.

"그나저나 요즘 청나라가 이상한 단체 때문에 상당히 혼란스럽다는 사실을 아십니까?"

그 말에 대진의 안색이 굳어졌다.

8장

대진이 바로 질문했다.

"이상한 단체라면 혹시 의화단(義和團)을 말씀하시는 겁니까?"

"아! 맞습니다, 의화단."

대진은 이미 지난해부터 청국에서 의화단이 발호했다는 사실을 알고 있었다. 그러나 당시에는 별문제가 되지 않을 것 같아 덮어 두었는데 그동안 황제에게 보고될 정도로 사건이 커진 것이다.

황제가 말을 이었다.

"의화단이라는 단체가 청나라의 개화를 반대한다고 하더군요."

"그렇습니다. 본래는 의화권이라는 무술을 수련하는 단체로 시작되었습니다. 그러다 세력이 커지면서 외세를 몰아내자는 구호가 터져 나왔고, 그런 와중에 교회를 불태우고 서양 선교사들을 몰아내면서 세력이 급격히 확산되는 것 같습니다."

"이 후작께서는 의화단에 대해 미리 조사해 두었나 보군요."

"저뿐이 아니라 내각에서도 늘 청국에 대해서는 촉각을 곤두세우고 있습니다."

"당연히 그래야지요. 우리가 아무리 청국을 압도하는 국력을 보유하고 있다고 해도 대륙의 동태는 늘 살펴야겠지요."

황제의 발언을 대진이 적극 공감했다.

"폐하의 말씀대로입니다. 그래서 우리는 다양한 방식으로 청국을 늘 지켜보아 왔습니다. 그렇기 때문에 의화단에 대해서도 어느 나라보다 잘 파악하고 있었습니다."

"그들이 부청멸양(扶淸滅洋)의 기치를 내건 사실도 알고 있겠군요."

"그렇습니다."

황제가 침음했다.

"으음! 격세지감이네요. 청국의 초기만 해도 한족들이 멸만흥한이나 반청복명을 기치로 내걸며 청나라에 저항했습니다. 그 시간이 무려 수십 년이나 되었고요. 그런데 이제는 청국 조정이 부추기지도 않았는데도 부청멸양이라니요."

대진이 말을 받았다.

"그만큼 대륙의 한족들이 살기가 어려워졌다는 의미이지요. 청나라가 서구 열강에 휘둘리면서 서양 상인들이 대륙의 내부까지 침투하고 있습니다. 그 결과 물가가 폭등하면서 기층 민중이 고통을 받고 있는 상황입니다. 문제는, 민중은 구심점이 생기면 폭발하기 마련이라는 겁니다."

"짐이 보고받기로 의화단은 산동에서 시작되었다고 하더군요."

대진이 고개를 저었다.

"일본의 나쁜 버릇이 나왔습니다. 일본은 강자에게 약하고 약자에게 강한 습성을 갖고 있습니다. 그런 일본이 산동에 진출해서 현지 한족 주민들을 폭압하고 있나 봅니다."

"허허! 그럴 수도 있겠네요. 이 후작께서는 대륙에서 일어난 이번 사건이 어떻게 전개될 것 같습니까?"

대진은 의화단사건이 어디까지 번지는지 알고 있었다. 그러나 그걸 그대로 말할 수는 없었기에 적절히 조절해 대답했다.

"신은 의화단이 부청멸양을 기치로 내건 것이 부조화해 보입니다. 한족이 만주족의 통치에 동화되었다고 해도 입신양명의 기회가 있는 유학자나 관리 정도입니다. 그들을 제외한 대부분의 한족들의 심중에는 멸만흥한이라는 절대 명제가 자리하고 있지요. 그런 대륙의 기층 한족들이 처음부터 부청멸양을 들고나올 리는 만무합니다."

황제가 큰 관심을 보였다.

"청국 조정이 의화단이 봉기하도록 부추겼다는 말입니까?"

"처음부터 그러지는 않았을 겁니다. 제 추측으로는 의화단이 먼저 봉기했을 것입니다. 그것도 일본이 강점하고 있는 산동에서요. 그것을 청국 조정이 악용하는 것으로 보입니다."

"흠! 청국이 왜 그런 모략을 꾸몄을까요?"

"대륙은 외세의 침략에 곤욕을 치르고 있습니다. 장강 남쪽은 베트남을 강점한 프랑스가 치고 올라오는 중입니다. 상해와 황하 사이는 영국 세력이 밀고 들어가고 있고요."

황제가 거들었다.

"산동은 일본이, 북방은 우리에게 넘겨주었으니 청국이 실질적으로 통치하는 지역은 직례 일대이군요."

대진이 동조했다.

"그렇습니다. 직례도 실상은 우리의 경제권에 예속되었다고 해도 과언이 아닙니다. 이런 사정을 청국에서 나라를 걱정하는 사람이라면 알고 있을 것입니다. 청국 조정은 그런 상황을 적절히 악용해 의화단을 단순 반란 세력이 아닌 지금의 대륙 상황에 분노하는 친위 세력으로 만들려고 하는 것 같습니다."

대진의 설명에 황제가 탄식했다.

"아아! 청국 조정이 이제는 반란 세력까지 이용하려는 거군요."

"변법자강 운동의 반동이라고 해야 할 것 같습니다."

"2년 전에 있었던 청국의 개혁운동 말씀입니까?"

"그렇습니다. 청국의 개혁파들은 양무운동을 실패로 단정했습니다. 그 대안으로 입헌군주제 실시를 비롯한 대대적인 개혁을 추진했지요. 개혁은 현 황제인 광서제의 전폭적인 지지까지 받으면서 처음에는 거침없이 밀어붙였지요. 하지만 서태후와 보수파들이 무술정변을 일으켜서 100여 일 만에 실패했고요."

황제도 알고 있는 사안이었다.

"그 일로 대로한 서태후가 광서제가 유폐시켰다고 하던데, 소문이 사실이겠지요?"

"청국 황실 내부 문제여서 확실히는 모릅니다. 하지만 그이후 광서제가 단 한 번도 모습을 보이지 않은 것으로 봐서는 사실로 보입니다."

황제가 씁쓸해했다.

"서태후의 권력욕이 너무도 대단하군요. 자신이 옹립한 황제를 연거푸 밀어내고 있네요. 그것도 친아들과 조카를요."

"권력이 그만큼 무섭다는 증거이지요."

황제가 과거를 회상하며 자책했다.

"짐도 잠깐이지만 어리석은 생각을 한 적이 있었지요. 만일 그때 마군이 도래하지 않았다면 우리 대한은 아마도 헤어나올 수 없는 수렁으로 빠져들었을 겁니다."

대진이 급히 나서서 위로했다.

"이미 지난 일입니다. 폐하께서는 마군을 받아들이는 용
단을 내리셨습니다. 덕분에 오늘의 우리 제국이 있게 되었습
니다."

황제의 안색이 밝아졌다.

"고마운 말씀이네요. 짐도 그렇지만 황후도 이 후작이 그
동안 황실을 위해 얼마나 많은 노력을 해 왔는지 잘 알고 있
습니다."

"황감한 말씀이옵니다."

"청국에서 일어난 일이 일파만파로 번질 수 있겠습니다.
그 파고가 자칫 만리장성을 넘을 수도 있으니 각별히 살피도
록 하세요."

"수상 각하와 긴밀히 협의하겠습니다."

편전을 나온 대진이 수상의 집무실을 찾았다. 장병익은 대
진을 보자마자 호탕하게 웃으며 반겼다.

"하하하! 어서 와. 이번에도 고생 많았어."

"소임을 다했을 뿐입니다."

"아니야. 참으로 절묘했어. 요즘 들어 원유 소비량이 급증
해서 걱정이 많았는데 가뭄의 단비나 다름없는 소식이야."

급격하게 경제가 발전하면서 원유 소비량도 따라서 급증
하고 있었다. 그 바람에 울릉유전만으로 원유 수요를 감당하
는 것이 불안해지고 있었다. 울릉유전에 문제가 생기면 나라
전체가 위험해지기 때문이다.

장병익의 말이 이어졌다.

"울릉유전에서 문제가 발생하면 국가 경제는 그대로 정지돼. 그렇다고 중동도의 유전은 아직 손대기 어려운 시기이고. 그래서 다른 지역의 유전을 개발해야 하나, 아니면 본국의 유전을 개발해야 하나 걱정하던 참이었지."

대진이 웃으며 거들었다.

"루마니아유전의 원유를 수출할 것이 아니라 본국으로 들여와야겠습니다."

"우선은 국내 수요부터 충당하자고. 그리고 남은 물량을 정제해서 유럽에 판매하도록 하자."

대진도 두말하지 않았다.

"어느 쪽이든 저는 좋습니다. 그리고 루마니아에 생산량의 30%를 할당해 주기로 해서 그 물량만 처리해도 상당량입니다."

장병익이 걱정했다.

"너무 많은 물량을 준 거 아냐?"

"지금 시대로 봤을 때는 많지요. 하지만 미래에는 기본이 50 : 50입니다. 그것도 루마니아처럼 유전 채굴이 쉬우면 비율은 더 낮아지고요."

"그거야 나중의 일이고 지금은 10~12%가 기본이잖아. 비율이 너무 높다고 다른 석유회사들이 집단적으로 반발하면 문제가 될 수 있잖아."

대진이 고개를 저었다.

"그 점은 걱정하지 않아도 됩니다. 우리가 알고 있는 이전의 석유회사 중 지금 존재하는 것은 록펠러의 스탠더드 오일뿐입니다. 아직은 영국의 BP도 네덜란드의 로열 더치 셸도 프랑스의 토탈도 없습니다. 단지 로스차일드 가문과 노벨 가문이 투자한 회사가 조금 큰 정도입니다."

장병익이 놀랐다.

"전부가 없다는 거야?"

"그렇습니다. 그러니 우리가 석유산업의 질서를 만들어 가면 됩니다. 아니, 그렇게 되도록 대한석유와 석유공사의 덩치를 키울 필요가 있습니다."

장병익이 흔쾌히 동조했다.

"좋아! 해 보자. 자동차도, 방송도, 항공기도 우리가 선도하고 있는데 석유라고 못할 까닭이 없지."

대진도 적극 동조했다.

"맞습니다. 이제는 우리가 지나가면 길이 되고, 우리가 만들면 집이 되고, 우리가 결정하면 국제표준이 되게 하면 됩니다."

"후후후! 세계 최강국이라고 자임하고 있는 영국이 위기감을 많이 느끼겠어."

대진이 고개를 저었다.

"그렇지 않습니다. 제가 파악한 바로는 영국보다 프랑스의 분위기가 좋지 않은 것 같습니다."

장병익이 갑자기 동작을 멈췄다. 그리고 놀란 표정으로 대진을 바라봤다.

"그게 무슨 말이야? 프랑스가 이상하다니?"

"영국은 누가 뭐라고 해도 이 시대의 최강대국입니다. 우리가 요즘 공업 부문을 선도하고 있지만 그렇다고 영국의 위상이 흔들리지는 않습니다."

대진의 말에 장병익이 동의했다.

"인도와 호주를 비롯한 수많은 식민지를 갖고 있는 영국은 인정해 줘야지."

"맞는 말씀입니다. 그런 영국을 추월하기 위해 프랑스는 온 국력을 모아 군사력을 키우고 있었습니다. 그런 상황에서 갑자기 우리 대한제국이 나타난 것입니다. 더구나 자신들이 패한 나라가요."

"프랑스가 우리를 경계해 온 것은 사실이지."

"그렇습니다. 그런데 우리가 엄청난 속도로 치고 나가자 바짝 조바심을 내고 있다고 합니다. 그런 조바심이 이번 비행 성공으로 절정에 달했고요."

장병익이 침음했다.

"으음! 과거처럼 무력도발 할 수도 있다는 건가?"

"거기까지는 모르겠습니다. 하지만 프랑스의 이 공사님께서는 경계수위를 대폭 상승시키는 것이 좋겠다는 의견이십

니다."

"알겠네. 국방부에 지시해 경계수위를 높이도록 조치하지."

"감사합니다. 그런데 폐하께서 청국에서 일어난 의화단사건을 거론하시더군요. 혹여 우리가 피해를 입을 수도 있다고 하시면서요."

"그러시겠지. 누구보다 신민들을 걱정하시는 분이니 그런 말씀을 하셨겠지."

"그나저나 어떻게 전개될 것 같습니까? 이전처럼 보수파가 모략을 꾸며 엄청난 환란으로 번질 것 같습니까?"

장병익이 고개를 저었다.

"아니야. 지금의 분위기로 봐서는 이전보다 더 커질 것 같아."

"그렇게 된 이유가 있습니까?"

장병익이 설명했다.

"일본 때문이야. 산동에 진출한 일본은 악랄하게 수탈을 자행하고 있어. 과거 조선에서 행한 것보다 훨씬 심하게 말이야. 그중 쌀은 무조건 강탈하듯이 긁어 가고 있지. 그 바람에 산동에서는 지난 몇 년 동안 굶어 죽는 사람이 부지기수로 발생하고 있지."

대진이 어이없어했다.

"자국민의 배를 불리기 위해 온갖 악행을 일삼는 거군요."

"그렇지. 그래서 의화단은 일본이라면 치를 떨고 있지. 서양 선교사나 외국인은 그냥 몰아내고 있지만 일본인들은 보이는 족족 집단 구타를 하거나 인민재판식으로 사살하고 있어."

"청국 조정이 처음부터 나서지 않은 것입니까?"

장병익이 고개를 저었다.

장병익이 청국의 실상을 설명했다.

"처음 의화단이 봉기했을 때 산동순무 이병형(李秉衡)이 은
밀히 뒤를 봐주었다고 해."

대진이 확인했다.

"산동에도 순무를 임명했습니까?"

"일본이 진출했다고 해서 산동을 완전히 할양한 것은 아니
잖아. 그래서 청국은 일본이 진출한 산동에도 순무를 임명하
고 있었지. 하지만 일본이 장악하고 있는 산동의 순무는 그
야말로 허수아비에 불과해서 실권이 없어."

"당연히 그렇겠지요."

"그런데 그러한 상황에 불만을 품고 있던 산동순무 이병형
은, 의화단이 봉기하자 그 일파를 몰래 봐줬던 거야. 산동에
진출한 일본인들을 은밀히 처리하라고 말이야."

대진이 탄식했다.

"아이고! 어리석은 짓을 했군요."

"그렇지. 처음에는 이병형의 술책이 성공을 거둬 100여 명
의 일본인들이 사살되었어. 그러면서 더 많은 일본인들이 의
화단에 의해 추방이라는 미명하에 쫓겨났지. 그뿐이 아니라
의화단을 충동질해서 부청멸양의 기치를 내걸도록 한 거야.

청국 조정은 그런 일련의 과정을 방관하면서 의화단이 세력을 급격히 불리게 되었지."

"일본이 가만있지 않았겠네요."

"당연하지. 서양과 일본은 강력히 항의하였지. 그 바람에 청국 조정은 순무를 장여매라는 인물로 교체할 수밖에 없었지. 그런데 이 장여매가 보수파인 것이 더 화근이 되었어."

"그가 의화단의 뒷배를 또 봐주었나 보군요."

"맞아. 뒷배를 봐주는 정도가 아니라 일부 의화단으로 하여금 관청을 수비하게까지 했지. 산동 일대가 혼란하다는 이유를 들어서 말이야."

대진이 고개를 저었다.

"어이가 없군요. 의화단을 막은 것이 아니라 오히려 더 부추겼단 말이군요."

장병익도 동조했다.

"그래, 그 바람에 의화단이 더 설치게 되면서 일본과 서양인의 피해는 가중되었지. 그래서 서양과 일본은 청국 조정에 또다시 강력하게 항의하면서 순무 교체를 요구한 거야."

"청국 조정은 또다시 굴복했겠군요."

"그래, 서양과 일본이 이번에는 사람까지 지목하며 교체를 요청했어. 청국 조정은 이러한 요청을 거부하지 못하고 원세개를 순무대리로 삼을 수밖에 없었지. 이 원세개가 의화단을 대대적인 탄압을 하였는데 이것이 더 문제가 되었지."

대진이 고개를 갸웃했다.

"무슨 문제가 생긴 겁니까?"

"산동에서 대대적인 탄압이 시작되자 의화단 직례로 넘어가게 된 거야."

대진이 혀를 찼다.

"쯧! 풍선효과가 발생한 거로군요."

"그게 문제였어. 원세개의 탄압 때문에 직례로 밀려 올라간 의화단은 세력이 급격히 불어났지. 그러고는 직례 일대의 교회를 볼 지르고 중국인 신도를 무참히 살해한 것도 부족해 서양 선교사들도 보이는 대로 학살하고 있어."

대진이 크게 한숨을 내쉬었다.

"하아! 아쉽네요. 우리가 도래했어도 역사의 큰 줄기는 바뀌지가 않는군요."

장병익도 안타까워했다.

"아쉽게도 달라지지 않았어. 더 큰 문제는 청국 조정이 수십만으로 불어난 의화단을 진압할 능력이 안 된다는 사실이야. 그리고 이전 역사처럼 청국 보수파들은 이들을 이용해 권력을 공고히 하려는 수작을 부리고 있고."

설명을 듣던 대진의 안색이 굳어져 갔다.

"이홍장은 어떻습니까? 제가 알기로 그는 의화단에 아주 비판적이라고 하던데요."

장병익이 고개를 저었다.

"그러면 뭐 해. 청일전쟁 이후 그는 누구보다 서태후의 눈치를 봐야 하는 처지잖아."

대진이 고개를 저었다.

"안타깝네요. 북양군도 나서지 않는다면 이전 역사처럼 의화단이 서태후의 손아귀에서 놀아나겠군요."

장병익이 굳은 표정을 지었다.

"그렇게 될 거야. 아직은 북경까지 진입하지는 않았지만 그것도 시간문제일 뿐이야."

"청국 조정의 의도적인 방치로 의화단이 북경에 들어간다면 이전 역사처럼 수십만의 무고한 양민이 도륙당할 가능성이 높겠네요. 외국인들에 대한 무차별 학살도 그대로 자행되겠고요."

"안타깝지만 그럴 가능성이 높지."

대진이 확인했다.

"직례 일대에 살고 있는 우리 주민들은 어떻게 되었습니까? 혹시 피해가 발생하지는 않았습니까?"

장병익이 설명했다.

"의화단이 발호할 때부터 귀국을 종용했어. 그 바람에 단 한 명의 인명피해도 없이 귀국할 수 있었지. 하지만 천진북경철도는 상당 부분 파괴되었어."

"인명피해가 발생하지 않아 다행이군요. 철도야 난이 끝나고 바로 복구하면 되니까요."

"그렇기는 하지."

"의화단의 북경 난입은 시간문제일 것인데 그에 대한 대비를 해야 하지 않을까요. 아! 그보다 서양인과 서양 선교사들을 피신부터 시켜야지요."

장병익이 고개를 저었다.

"너무 늦었어. 우리는 의화단이 발호하자마자 바로 대피를 시켰지만 외국은 의화단을 단순한 봉기 세력으로 판단하고 별다른 조치를 취하지 않았어. 그러면서 우리의 주민 대피 조치를 섣부른 결정이라고 비판까지 했었지."

대진이 안타까워했다.

"아쉽네요. 방심하다가 일을 크게 키웠네요."

"그러게 말이야. 서양의 어느 나라도 의화단이 이 정도로 물불 가리지 않고 외세를 배격하는 행동을 할 줄은 몰랐을 거야."

대진이 몇 번이나 아쉬워했다.

그러면서 의화단의 난으로 죽어 나갈 수많은 희생을 아쉬워했다. 그리고 대한제국이 개입되지 않은 일은 거의 변하지 않는다는 사실을 절감했다.

"영국의 제안을 받아들이실 것이지요?"

"지금으로선 그게 최선이니 무조건 병력을 보내 주어야지."

대진이 우려했다.

"서태후가 반란 진압을 외면하면 어떻게 합니까?"

"그때는 북경이 뒤집어지겠지."

"수많은 사람이 죽어 나가겠군요."

장병익의 표정이 단호해졌다.

"어쩔 수 없는 일이야. 희생당하는 사람들은 안타깝지만 의화단의 북경 난동이 우리 국익으로 봤을 때는 나쁘지 않아."

대진이 머릿속이 번쩍했다.

"대륙 분할 계획의 시작으로 삼자는 말씀이군요."

장병익이 설명했다.

"청나라는 이번 일로 나라 전체가 거의 식민지로 전락할 거야. 아울러 군벌도 서서히 준동하게 되겠지. 그런 절호의 기회를 최대한 활용해 대륙을 몇 개의 나라로 갈라놓아야 하지 않겠어?"

대진이 적극 동조했다.

"알겠습니다. 저도 시간이 나는 대로 외국 공사들과 긴밀히 교류를 하겠습니다."

"그렇게 하도록 해."

몇 개월 사이 의화단은 걷잡을 수 없을 정도로 확산되었다. 세를 불린 의화단은 시시각각 북경으로 몰려들고 있었다.

이에 위기를 느낀 서양 각국은 북경에 거주하는 서양인을 보호하겠다고 나섰다. 그러나 이 시도를 청군이 막아 내면서 수포로 돌아갔다.

이런 차에 의화단이 북경에 입성했다.

예상대로 북경으로 들어간 의화단은 거침없는 만행을 자행했다. 북경에 있는 교회가 모조리 불태워지고 신도를 무차별적으로 살해했다.

특히 서양 여자를 죽이면 은 50냥, 아이를 죽이면 은 30냥을 지급하기까지 했다. 그 결과 서양인은 물론이고 서양 물건을 쓰는 사람들까지 죽이는 경우가 비일비재하게 발생했다.

서양은 당연히 격렬하게 항의했다.

문제는 청국은 서태후의 세상이라는 것이었다.

그런 서태후에게 광서제는 눈엣가시였다. 광서제는 서태후 몰래 변법자강 운동으로 청국 조정을 개혁하려 했다.

그러나 이 시도는 원세개의 고변으로 103일 만에 실패하고 만다. 그녀는 자신 몰래 변법자강 운동을 펼친 광서제를 폐위하려 했는데, 서양 각국의 격렬한 반대에 부딪혀 실현되지 못했기 때문이다.

그러던 차에 의화단이 기승을 부리자 서태후가 이를 이용했다. 광서제와 개혁 세력, 그리고 눈엣가시 같은 서양 세력을 한꺼번에 몰아내려고 한 것이었다.

하지만 의화단의 기세가 서태후의 생각을 아득히 뛰어넘을 정도로 대단한 것이 문제가 되었다.

의화단은 북경에 입성해 무차별적으로 기독교도들과 서양인들을 죽였다. 당연하게도 서양 각국은 당연히 이러한 의화단의 만행을 격렬하게 규탄했다.

결국 청국 조정은 이 문제를 논의하기 위해 이화원 인수전(仁壽殿)에서 회의를 열었다.

이화원은 황궁 별궁이다.

본래는 청의원(淸漪園)이었으나 두 번의 전화(戰火)로 폐허가 되었다. 그러던 별궁이 서태후가 북양해군전비를 전용해 중건했다.

인수전은 이화원의 정전이다.

인수전의 중앙에 서태후와 황제가 나란히 앉아 있었다. 이런 배치도 놀라운데 회의에서 광서제는 거의 발언도 못 했다.

군기대신 장지동이 강하게 발언했다.

"태후 폐하! 서양 각국이 요구를 들어주어서는 안 됩니다. 저들의 요청으로 산동순무를 두 번이나 바꿨습니다. 그런데 이번에 또 고개를 숙인다면 저들이 우리를 얼마나 업신여기겠습니까?"

대각대학사가 동조했다.

"군기대신의 말씀이 맞습니다. 양이들의 내정간섭을 더이상 받아 주어서는 아니 됩니다."

광서제가 반발하고 나섰다.

"그렇다면 반군을 이대로 방치하자는 말씀이오?"

서태후가 바로 반박했다.

"황상은 말씀을 삼가시오. 반군이라니요! 이번에 봉기한 의화단은 부청멸양을 기치로 내건 의병들입니다. 그런 의병을 반군으로 규정짓는 것은 잘못입니다!"

서태후의 일갈이었다.

회의의 분위기는 급격히 쏠렸다. 그럼에도 광서제가 항변했다.

"아무리 좋은 취지라고 해도 결과가 나쁘면 문제입니다. 지금 저들은 자신들의 잣대로 무고한 백성들을 도륙하고 있습니다. 그뿐이 아니라 서양인들까지 무차별 살육하고 있사옵니다. 더구나 좌용(銼舂)이라 하여 서양 여인을 윤간한 후 가슴과 음부를 짓이겨 죽이고 있다고 합니다."

황제의 거듭된 주장에 서태후가 이마를 찌푸리며 고개를 돌렸다. 그런 모습을 본 보수파 대신들은 의화단을 적극 옹호하고 나섰다.

반면에 개혁파 대신들은 의화단의 만행을 적극 저지해야 한다고 주청했다. 그러나 청국 조정은 이미 서태후가 장악한 지 오래였다.

광서제는 서양과의 강화를 거듭 주장했다. 그러나 의화단을 이용하려고 마음먹은 서태후에게 이런 주장은 먹혀들지 않았다.

결국 회의는 서태후의 생각대로 흘러갔다.

6월 21일.

청국 조정은 서양과 전쟁 상태임을 포고했다.

그러고는 황명으로 군을 동원해 북경의 외국인 거주지를 포위했다. 이어서 폭동이 일어난 천진조계지 외국인들에게 24시간 이내 철수를 권고했다.

그런데 이때 문제가 발생했다.

독일공사가 북경의 외국인 거주지를 청군이 포위한 것에 반발했다. 그래서 이를 항의하러 청국의 외무아문을 방문하러 가다 의화단에 잡혀 살해당한 것이다.

이 사건이 기폭제가 되었다.

서양 각국은 즉시 단결했다.

이 무렵 유럽은 경쟁과 이해관계에 따라 이합집산을 거듭하고 있었다. 그런 와중에 전쟁까지는 아니더라도 크고 작은 격돌이 늘 발생하고 있었다.

그러나 자국민이 학살당하고 청국이 선전포고까지 하자 유럽 전체가 분노했다. 그래서 지금까지의 이해관계를 무시하고 연합군 결성을 결의했다.

서태후의 권력욕이 의화단을 부추겼다. 그렇게 청국의 은근한 지원을 받은 의화단은 걷잡을 수 없도록 일을 키웠다.

그 바람에 연합군까지 결성하게 되었다. 늙은 여인의 탐욕으로 청국이 세계와 싸우게 된 것이었다.

이 시기 영국공사가 대진을 방문했다.

대진은 정신없는 시간을 보내고 있었다.

루마니아유전의 탐사 및 시추, 그리고 정유공장 건설을 위해 대한석유의 실무진과 거의 매일 회의했다. 그러고는 철도와 선박을 균형 있게 배치해 인력과 기자재를 수송하게 했다.

선박 관련 회의도 주재했다.

대한조선과 수군공창은 S중공업 출신들이 주축이 되어 설립되었다. 그리고 30여 년 동안 오로지 최고의 민간 선박과 군함 건조에 매진해 왔다.

대한제국도 이를 위해 할 수 있는 최대한의 예산을 편성해 주었다. 그런 노력은 당연히 시간이 지나면서 결실을 거두었다.

이미 십수 년 전 3,000톤급 철선전함 건조에 성공했다. 이어서 5,000톤 급과 7,000톤급 전함을 각각 3척씩 건조하며 전함 건조 능력을 함양시켜 왔다.

아울러 1만 톤급 수송함과 유조선도 몇십 척을 건조했다. 이러한 대한제국의 건조 능력은 이 시대의 어느 조선소보다 앞서 있었다.

물론 마군이 보유한 최고의 기술력을 구현하기에는 아직 많은 점이 부족했다. 그러나 모든 나라가 리벳 공법에 의지하는 이 시대에서 용접 공법을 기반으로 한 함정 건조 능력은 최상이었다.

대한제국은 거함거포 시대에 동참할 생각은 없었다. 그러나 드넓어진 해양영토를 수호하기 위해서는 10,000톤급 전함 정도는 보유해야 한다.

지금까지 제7기동함대가 있어서 부족한 부분을 충당해 왔다. 그러나 시간이 지날수록 제7기동함대의 함정 노후화가 급격히 진행되고 있었다.

다행히 화학공업 발달로 페인트가 개발되면서 노후화를 막고 있기는 하다. 그런데 프랑스 등에서 노획하고 사략한 함정의 내구연한이 하나둘 목전에 다가오고 있는 상황이었다.

대한제국은 오래전부터 함정 현대화 계획을 수립해 왔다. 함정 현대화 계획에는 전투함정뿐 아니라 민간 함정의 대대적인 건조도 포함되어 있었다.

대한제국은 루마니아유전 개발에 맞춰 10,000톤급 유조선 10척과 수송선 10척의 건조를 결정했다.

이런 와중에 존 조던이 방문했다.

"어서 오십시오, 공사님."

존 조던은 대리공사에서 정식공사가 되었다.

존 조던이 웃었다.

"하하! 많이 바쁘시다는 말은 들었는데 제가 일을 방해한 것은 아닌지 모르겠습니다."

대진이 손을 저었다.

"별말씀을 다 하십니다. 아무리 일이 바빠도 공사님이 오셨는데 당연히 만나야지요. 그리고 한 달여가 넘게 진행되었던 바쁜 일이 대충 정리되어 가고 있습니다."

"다행이군요."

"그런데 무슨 일로 저를 찾으신 겁니까?"

"후작님께서도 요즘 청국에서 일어나는 난동에 대해 아시겠지요?"

대진의 얼굴이 바로 굳어졌다.

"물론입니다. 우리 제국은 다행히 자국민들을 일찍 대피시켜서 문제없지만 다른 나라는 큰일을 당하고 있더군요."

존 조던 공사가 이를 갈았다.

"으득! 그렇습니다. 우리 영국 신민도 10여 명이 무참히 살해당했습니다."

"저런!"

"그러나 이는 약과입니다. 선교사를 많이 파견한 나라에서는 수십 명이 사살되었습니다. 일본은 지금까지 천 명이 넘는 인명이 살해되었고요."

이러면서 의화단이 갖은 방법으로 인명을 살상하고 있는 현실을 설명했다. 대진은 그 말만 들어도 속이 불편해질 정도였다.

"사람을 삶아서 먹기까지 한다고요?"

존 조던이 이를 갈았다.

"인육을 먹는 행위는 있을 수 없는 만행입니다. 그보다 더한 만행은 죽지 않은 사람을 천천히 불에 구워서 죽인다고 합니다."

말을 하던 존 조던이 몸을 부르르 떨었다.

"어떻게 인간으로서 그런 악행을 저지를 수 있단 말입니까?"

대진도 탄식이 절로 나왔다.

"하아! 사람의 생명을 갖고 장난질을 쳤다는 말이군요. 더구나 그렇게 해서 죽은 시신을 먹기까지 하다니요. 이건 사람이 아니네요."

"으득! 예, 그래서 북경에 진출한 모든 나라가 연합하기로 했습니다."

"당연히 본국도 동의했겠지요."

"그렇습니다. 그래서 서양 각국과 일본 그리고 귀국이 연합군을 구성하기로 합의했습니다."

"다행이군요. 천인공노할 짓을 저지른 자들은 응당 천벌을 받아야지요."

"맞습니다. 그런데 문제가 조금 있습니다."

"무슨 문제지요?"

존 조던이 조심스럽게 입을 열었다.

"러시아도 출정을 결정했습니다. 그런데 알다시피 러시아는 틈만 나면 남진하려는 것이 문제이지 않습니까. 다행히 귀국이 만주 일대로 진출하면서 저들의 탐욕을 꺾기는 했지만 아직도 청나라에는 저들이 노리는 땅이 많습니다."

대진이 대번에 알아들었다.

"몽골 초원과 신강을 말씀하시는 거군요."

존 조던도 말을 돌리지 않았다.

"그렇습니다. 우리 영국의 입장에서는 티베트는 막을 수 있습니다. 하지만 몽골과 신강 지역은 솔직히 무리입니다. 그 두 지역을 러시아가 노릴 터인데 이를 귀국이 막아 줄 수는 없겠습니까?"

대진이 고심했다.

몽골은 그래도 여러 이유를 대면서 러시아의 남진을 막을 수는 있다. 그러나 신강은 명분도 부족하지만 거리도 너무 멀다는 문제가 있었다.

"으음! 쉬운 문제가 아니네요."

"그래서 부탁을 드리는 겁니다. 그리고 문제는 더 있습니다."

"그게 무엇입니까?"

"연합군 병력이 육군과 해군 포함 5만여 명입니다. 가장 많은 피해를 본 일본이 21,000명이지요. 우리 영국은 1개 사단 병력인 12,000명을 참전시키는데 러시아도 13,000명을 참전시키는 것이 문제입니다."

"러시아 병력이 많군요."

"그렇습니다. 북해도에서 참전해야 할 러시아 병력이 우리와 같은 사단 규모라면 분명 다른 의도가 있을 거라고 판단됩니다. 더구나 대륙종단철도가 부설된 상황이어서 여차하면 대규모 병력까지 동원할 수 있지 않습니까?"

대진도 인정했다.

"그럴 수도 있겠군요."

대진은 고심했다. 대한제국은 초고도성장을 구가하고 있다. 그런 대한제국에 지금보다 넓은 영토는 자칫 독이 될 우려가 있어서 영토 욕심은 가지고 있지 않았다.

그러나 그 때문에 남진 목적을 갖고 참전하는 러시아를 막을 명분이 없었다. 특히 대한제국과 러시아가 그 어느 나라보다 가깝다는 점이 문제였다.

'본래 역사에서도 러시아는 이홍장의 호의로 만주를 손쉽게 장악했었다. 그뿐 아니라 내몽골까지 내려와 국경을 삼으려고 했었다. 그런 러시아의 남진을 우려했던 영국이 일본을 부추기면서 러일전쟁이 일어났었지. 지금은 그때와 상황이 바뀌었지만 몽골과 신강은 위태롭겠네.'

대진이 고심하다가 타협책을 떠올렸다.

"이렇게 하는 것은 어떻습니까?"

존 조던이 반색했다.

"좋은 방안이라도 있는 겁니까?"

"몽골 지역은 독립시켜서 우리의 보호국으로, 신강은 투르키스탄으로 독립시켜 러시아의 보호국으로, 티베트도 독립시켜 귀국의 보호국으로 만드는 겁니다. 그렇게 되면 청국의 전체 영토가 대폭 줄어들게 되지 않겠습니까?"

"으음!"

"그리고 가장 큰 피해를 본 일본과 독일에도 일정 부분의 권리를 주어야 할 것이고요."

"일본은 이미 산동을 차지하고 있지 않습니까?"

"그렇지만 확실한 할양 보장을 받은 것이 아니지 않습니까? 그 바람에 의화단이 산동에서 발호하게 된 것이고요."

"일리가 있는 말씀이군요. 산동에 대한 권리를 확실하게 보장해 주자는 거로군요."

"그 정도는 되어야 일본도 만족할 겁니다."

"독일은 어떻게 합니까?"

"그건 독일이 원하는 바를 물어서 결정하지요."

잠깐 고심하던 존 조던이 동의했다.

"좋습니다. 세 지역을 독립시켜 각각의 보호국으로 만들도록 하지요."

대진이 반문했다.

"그런데 프랑스는 어떻게 합니까?"

존 조던 공사가 싱긋이 웃었다.

"프랑스는 걱정하지 않아도 됩니다. 우리 영국은 이번에 영토에 대한 요구는 하지 않을 겁니다. 그러면 프랑스도 우리를 따를 수밖에 없습니다."

"하긴, 프랑스로서는 베트남과 붙어 있는 운남 등지에 영향력을 강화시키는 것만 해도 엄청난 이권이기는 하지요."

"그렇습니다. 우리 영국은 장강과 황하 사이 지역의 영향력 확대 정도면 만족합니다. 더구나 티베트를 보호국으로 만들었으니 더 바라는 것은 욕심이지요."

대진이 대놓고 짚었다.

"겉으로는 영향력 확대지만 내부적으로는 실질적인 영역 구축이니 귀국으로선 최상이겠지요."

존 조던이 호탕하게 웃었다.

"하하하! 후작님을 어떻게 속이겠습니까? 맞습니다. 후작님의 말씀이 맞습니다!"

대진도 크게 웃었다.

"하하하!"

대화는 이렇게 정리되었다.

따로 협정서를 조인하거나 밀서를 주고받은 것은 아니다. 그러나 두 사람 중 누구도 대화 내용이 잘못될 거라고는 생각지 않았다.

영국공사가 찾아와 청국 문제를 논의했다는 사실이 중요했다. 그만큼 대한제국의 위상이 높아졌다는 의미였다.

대한제국은 즉각 출정을 결정했다.

원정은 군단이, 2개 정규사단과 1개 포병여단, 각 예하부대를 포함한 3만 명 규모로 결정했다.

연합군 참전 병력 중 가장 많다.

다른 연합군은 각국의 해군의 지원을 받아 상륙해야 한다. 그러나 대한제국 원정군만큼은 만리장성을 넘기로 했다.

이 소식에 청국은 뒤집어졌다.

가뜩이나 연합군이 결성되었다는 소식에 바짝 위축되었던 청국이었다. 그런데 한청전쟁에서 호되게 당했던 대한제국의 참전은 청국의 사기를 급격히 하락시켰다.

연합군은 결성되고 한 달여 만에 청국에 대해 전면 공격을 시작했다. 연합군의 최초 공격은 천진에 있는 대고포대에 대한 포격이었다.

같은 날.

대한제국군이 만리장성을 넘었다.

쾅! 쾅! 쾅! 쾅!

대한제국과 청국은 한청전쟁에 따라 4㎞의 비무장지대가 설정되었다. 그리고 청국 방면에는 이중의 철조망이 부설되어 있었다.

청국은 이뿐 아니라 나름대로 철저하게 방어선을 구축해 놓았다. 그러나 이러한 방어선은 대한제국의 신무기 때문에 무용지물이 되었다.

대한제국은 이 전쟁에서 세계 최초로 전차를 선보였다. 무한궤도를 장착한 전차의 기본 형태는 현대 전차와 다르지 않는다.

그러나 장갑 능력은 현격히 떨어지는 초기 형태의 전차였다. 그렇지만 청나라의 철조망과 방어선을 뚫는 데에는 전혀 문제가 되지 않았다.

60여 대의 전차를 앞세운 대한제국군의 진격은 거침이 없었다. 단숨에 국경과 방어선을 돌파하고는 연합군과 보조를 맞춰 가며 진격했다.

연합국 함대는 이틀 동안 대고포대를 공격해 함락시켰다. 대한제국과 일본에 연파되면서 북양군의 전투력은 급전직하로 떨어졌다.

청일전쟁 이후 이홍장이 실각했다.

이때부터 청국 보수파들은 북양군의 근대화를 계속해서 방해했다. 그 바람에 전력이 형편없어진 북양군은 연합군의 공격에 너무도 무력했다.

그러자 의화단이 나섰다.

의화단은 북양군보다 사기는 훨씬 높았다. 그러나 이들에게는 결정적 한계가 있었다.

의화단은 자신들의 권법을 익히면 금강불괴가 된다고 선전했다. 이런 주술적 믿음에 빠진 단원들은 전투가 벌어지면 창칼이나 죽창만 들고 기관총을 향해 무조건 돌격했다.

결과는 당연히 몰살이었다.

연합군은 당황스러웠다.

무작정 달려드는 의화단원 수십만을 전투가 아니라 학살해야 했기 때문이다. 그러나 이들을 처리하지 않으면 광신도 행위가 재현될 것이 분명했기 때문에 사살하지 않을 방법이 없었다.

의화단은 빠르게 무너졌다.

이때 놀라운 일이 발생한다.

서태후가 관리들에게 의화단과 손잡으라는 명을 내린 것이다. 이 명령을 청국의 해안 방면인 동남 지역 군벌과 지도층이 거부해 버렸다.

이들에게 의화단은 그저 진압해야 할 도적에 지나지 않았다. 동남호보(東南互步)로 불리는 이러한 조치 덕분에 연합군은 마음 놓고 북경으로 진군할 수 있었다.

그 결과 청국이 선전포고한 지 두 달도 되지 않은 8월 14일 연합군이 북경에 입성했다.

청국 조정은 경악했다.

놀란 서태후는 서양과 강화하려고 북경에 머물겠다는 광서제를 반강제로 대동했다. 그러고는 8월 15일 베이징을 빠져나가 서안으로 달아났다.

9장

　서태후와 광서제는 간신히 도주했다.

　그러면서 비워진 북경에서 연합군은 복수의 칼을 빼 들었
다. 특히 가장 많은 자국민이 죽어 나간 일본군의 분노는 광
기에 가까웠다.

　연합군은 3일간의 자유를 주었다.

　이 시간 동안 엄청난 일이 자행되었다. 복수를 빙자한 강
간과 살인이 만연했다. 자금성과 별궁·왕부 등이 털리고 방
화되었다.

　대한제국군은 약탈에 별다른 매력을 느끼지 않았다. 이미
한청전쟁 당시 1년 넘게 자금성과 별궁·왕부를 철저하게
털었기 때문이다.

한청전쟁 이후 환궁한 청국 조정은 겉만 남은 황궁과 별궁에 망연자실했다. 그리고 최소한으로 복원하는 데에도 막대한 자금을 투입해야 했다.

가뜩이나 어려운 청국 재정에 이는 심각한 부담이었다. 그리고 서태후가 이화원 복원에 열정을 쏟는 결정적 원인이기도 했다.

북경에서 약탈을 가장 많이 한 군대는 단연 독일군이었다. 북경 주재 공사가 의화단에 잡혀 얼굴가죽이 벗겨졌으며 심장까지 먹혔다.

그 사실을 알게 된 빌헬름 2세는 원정군에 무자비한 약탈과 파괴로 중국인들을 공포에 떨게 하라는 특명을 내렸던 것이다.

그 바람에 독일군은 중세의 정복자와 같은 약탈과 방화를 자행했다.

그러나 대한제국은 달랐다.

대한제국군은 전시라도 민간인을 상대로 한 범죄를 용서하지 않는다. 더구나 신무기 노출과 만일의 불상사에 대비해 북경에 입성도 하지 않았다.

그래서 약탈에 아예 합류하지 않았다.

그 대신 주둔지를 정비하거나 피난민들을 구난하는 활동을 했다. 덕분에 북경 일대 청국 백성들에게 생각지도 않은 칭송까지 들었다.

그리고 얼마 후.

연합군 총사령관인 알프레트 폰 발더제 육군원수가 북경에 입성했다. 청군과 의화단이 너무도 허무하게 무너진 바람에 그가 부임하기도 전에 연합군이 북경에 입성하며 전쟁이 끝나 있었다.

대한제국군 사령관이 그를 방문했다.

"처음 뵙겠습니다. 대한제국 원정군 총사령관 김일환 중장입니다."

"어서 오시오. 독일제국 육군3군 사령관이며 육군원수인 알프레트 폰 발더제요."

두 사람이 굳게 악수했다.

김일환이 먼저 축하했다.

"부임을 축하드립니다."

발더제 원수가 묘한 웃음을 지었다.

"하하! 이거 축하를 받아야 할 상황인지 모르겠군요. 부임하기도 전에 전쟁이 끝나 버려서 말입니다."

"전쟁은 시작도 중요하지만 끝도 중요합니다. 원수님께서 참전은 조금 늦었지만 끝을 잘 맺으시면 되지요."

"맞는 말씀입니다. 그런데 무슨 일로 저를 찾아오셨지요?"

"북경에 입성한 연합군이 5만입니다. 그래서 혼란을 우려해서 우리 군은 북경 외곽에 주둔지를 마련해 두고 있지요."

"현명한 조치였습니다. 사령관의 탁월한 결정 덕분에 연합군끼리의 불상사가 발생하지 않았습니다."

"아닙니다. 가장 많은 병력을 참전한 지휘관으로서 당연히 취해야 할 조치였습니다."

"그렇게 생각하시다니 다행입니다."

"그리고 지금의 상황으로 봤을 때 청국의 반격은 없을 것으로 판단됩니다. 그래서 일부 병력을 제외한 주력을 철수시키고 싶습니다."

발더제 원수가 놀랐다.

"의외로군요. 이런 상황이라면 오히려 병력을 더 주둔시키려고 하는데 철수를 하겠다뇨."

김일환이 고개를 저었다.

"원수님의 말씀은 정치의 영역인 것 같습니다. 이미 북경 함락에 성공했는데 구태여 많은 병력을 주둔시킬 필요는 없다고 생각합니다."

김일환이 거듭해서 철수를 주장했다.

발더제 원수는 내심 당황했다.

다른 나라라면 기득권을 지키기 위해서라도 병력을 북경에 주둔시키려 할 시점이었다. 그런데 대한제국군은 협상은 정치의 영역이라면서 거듭 철군을 주장했다.

그가 한발 물러섰다.

"알겠습니다. 이 문제는 총사령관이라고 해도 혼자 결정하기 어렵네요. 내일 전체 지휘관 회의에서 논의해 결정하겠습니다."

"현명한 결정을 내려 주시기를 부탁드립니다."

다음 날.

연합군 지휘관 회의가 열렸다.

발더제는 이 회의에 대한제국군의 철수를 정식 의제로 올렸다. 잠깐의 토의는 있었지만 만장일치로 찬성이 나왔다.

이미 북경 함락에 성공했다.

그런 상황에서 3만의 대한제국군은 연합군에도 부담이었다. 더구나 대한제국군은 전황이 불리해지면 언제라도 출병이 가능한 병력이었다.

김일환이 감사 인사를 했다.

"우리 요구를 들어주어서 감사드립니다."

발더제 원수가 확인했다.

"모든 병력을 철수시키지는 않겠지요?"

"물론입니다. 1개 여단 병력은 종전까지 주둔시켜 두려고 합니다."

"현명한 결정에 감사드립니다."

대한제국군의 철수가 결정되었다.

연합군은 대한제국의 전차를 살펴보고 싶어 했다. 그러나 대한제국군은 포장까지 씌우고서 일부러 새벽에 이동하며 외부 노출을 조심했다.

이 조치에 연합군은 아쉬워했다.

하지만 연합군이라 해도 타국의 군사 무기를 함부로 살펴볼 수는 없었다. 대한제국군이 기밀로 취급하는 무기는 더 그러했다. 아쉬웠지만 모두 이해하며 물러섰다.

오직 프랑스만은 몇 번이나 사람을 보내 공개를 요청했다. 그러나 끝내 대한제국이 요구에 불응하자 대놓고 불편한 감정을 표출했다.

대한제국은 이런 프랑스를 아예 외면했다. 그 바람에 양국의 감정은 한때 격해져서 영국군이 급히 중재에 나서야 할 정도였다.

한편, 청국은 시간이 지날수록 난감해졌다.

자신들이 먼저 선전포고했다.

그만큼 서태후는 의화단이 큰일을 해 줄 거라고 오판했다. 그래서 기대를 하였지만 전쟁을 시작되자마자 의화단은 지리멸렬해 버렸다.

겨우 피신은 했지만 상황은 최악이었다.

그런데 그 이후가 문제였다.

북경을 함락한 연합군은 청국 조정을 거칠게 압박했다. 연합군은 자국민을 처참하게 살해한 의화단을 극도로 증오하고 있었다.

의화단부터 철저히 궤멸시켰다. 그리고는 의화단을 지원한 청국 관리의 처벌을 요구했다.

청국의 군사력은 궤멸되었다. 그런 상황에서 청국이 할 수 있는 일은 거의 없었다.

그렇다 보니 이런 협상은 연합군사령부가 직접 했다.

그래서 발더제 원수가 전체회의에서 협상 결과를 발표했다. 전체회의에는 연합군 지휘관뿐 아니라 각국 공사들도 참석하고 있었다.

"의화단을 적극 도와주었던 산동순무 육현(毓賢)은 처형이 결정되었습니다. 아울러 의화단을 지지했던 황족도 신강으로 추방이 결정되었습니다. 그리고 본국 공사가 참살된 것을 사과하기 위해 순친왕이 직접 본국으로 가서 본국 황제 폐하께 사과하기로 했습니다."

회의장이 술렁였다.

각국 공사들은 청국 조정이 황족을 얼마나 지극정성 챙기는지 알고 있었다. 그런 청국의 자신들의 요구 사항을 모조리 수용한 것이다.

일본공사가 나섰다.

"동교민항의 각국 공사관에 각국 병력이 주둔하는 문제는 어떻게 되었습니까?"

"그 문제도 곧 청국이 수용할 것 같습니다."

"다행이군요. 종전 협상은 언제부터 진행하기로 했습니까?"

질문을 받은 발더제가 입을 열었다.

"정해진 것은 없습니다. 그 부분은 각국 공사들이 협의해 대표를 정해 청국과 협상해야 합니다."

"그렇게 하겠습니다."

각국 공사가 별도로 모였다.

논의 결과 연합국에 참여한 12개국 모두 대표를 내세우기로 했다. 대부분의 국가에서는 현지 공사를 전권대사로 임명했으며 일본은 특별히 외무대신 고무라 주타로[小村壽太郎]가 대표로 나섰다.

이에 반해 청국은 조출했다.

황실을 대표해 경친왕이 임명되었다. 그리고 서양과의 외교에 능통한 북양대신 이홍장을 흠명전권대신으로 임명했다.

그리고 협상이 시작되었다.

1900년 10월 하순에 시작된 협상은 처음부터 난관에 부딪혔다.

경친왕이 강력히 반발했다.

"몽고(蒙古), 신강(新疆), 서장(西藏)을 전부 분리 독립시킨다니요. 그렇게 되면 우리 청국의 강역은 대폭 줄어들게 됩니다. 받아들일 수 없습니다."

연합국 협상 대표는 스페인 전권대사다. 청국공사로 가장 오래 근무한 경력 덕분에 대표가 된 것이다.

그가 냉정하게 딱 잘랐다.

"세 곳은 청나라도 외방(外方)으로 취급하던 지역입니다. 더구나 지역민도 달라서 분리 독립을 요구하고 있기도 하고요.

그런 지역을 독립시키는 것은 너무도 자연스러운 일입니다."

경친왕이 강력히 반발했다.

"그렇지 않습니다. 과거 신강에서 불손한 움직임이 있었
던 것은 사실입니다. 하지만 그런 움직임은 진즉에 제압되어
서 이제는 전혀 문제가 없습니다. 더구나 몽고는 본국의 황
제 폐하가 대한(大汗)으로 재임하고 있어서 초원이 충성하고
있고요."

협상 대표가 딱 잘랐다.

"미안하지만 우리가 파악한 상황은 전혀 다릅니다. 우리
연합국은 방금 거론한 세 지역의 독립을 강력하게 요청하는
바입니다. 그리고 이것이 종전 협상의 최우선 조건임을 밝히
는 바입니다."

경친왕은 거듭해서 반대했다. 그러나 오랫동안 서양 외교
관들을 상대해 온 이홍장은 말이 없었다.

경친왕은 답답했다. 그러고는 잠시 휴회를 선언하고는 이
홍장과 따로 자리를 가졌다.

"북양대신, 무언가 말씀을 해 보시오. 이대로 있다간 저들이
제시한 조건 때문에 변방이 모두 날아가게 생겼지 않소이까."

이홍장이 고개를 저었다.

"경친왕 전하, 이미 날은 저물어서 해는 서산에 기울고 있
습니다. 우리가 아무리 항변한다고 해서 저들의 요구 조건을
철회할 거라 생각하십니까?"

"아무리 그래도 세 곳을 독립시키면 본국의 강역은 대폭 축소됩니다. 이런 협상을 서태후께서 받아들이실 리가 만무합니다."

이홍장이 씁쓸해하며 설명했다.

"모든 것은 태후께서 자초한 일입니다. 나도 그랬지만 경친왕 전하께서도 태후 폐하께 의화단을 서둘러 처리해야 한다고 수차 간청했습니다. 그런 우리들의 충정을 무시하고 의화단의 뒤를 봐주신 분이 태후 폐하입니다. 그리고 그런 태후 폐하의 의지를 좇던 산동순무가 어떻게 되었습니까?"

"……."

"처형되었습니다. 그뿐이 아니라 두 분의 황족이 신강으로 추방까지 당했고요. 이런 상황인데도 태후 폐하를 걱정하는 겁니까?"

경친왕이 한숨을 내쉬었다.

"후우! 그래도 어쩌겠습니까? 우리 대청을 이끌어 가는 분은 누가 뭐라고 해도 태후이신데요."

이홍장도 한숨을 내쉬었다.

"후우! 청일전쟁 이후 우리의 군사력은 완전히 바닥났습니다. 그래서 의화단도 발호하게 되었고요. 그런 우리가 저들의 요구 사항을 들어주지 않을 수 있겠습니까?"

이홍장이 고개를 저었다.

"어렵습니다. 우리 청국을 무력화하려고 작정한 저들을 어떻게 막을 수 있겠습니까? 최대한 버티기는 하겠지만 요구를 들어주지 않을 도리가 없습니다. 그게 우리의 현실입니다."

"북양대신께서 좀 더 힘써 주시오."

이홍장이 고개를 저었다.

"힘은 쓰지요. 그러나 지금의 우리로서는 작정하고 나오는 서양 각국을 이길 수 있는 방법이 없습니다. 더구나 일본에 이어 한국까지 있는 상황에서는 더 그러하지요."

경친왕의 표정이 더없이 굳어졌다.

종전 협상이 한동안 이어졌다.

연합국은 이번 기회에 청국의 기세를 완전히 꺾어 버리려고 했다. 그래서 협상 전제 조건을 절대 물리려 하지 않았다.

십여 차례의 협상이 진행되었으나 연합국은 조금도 물러서지 않았다. 어쩔 수 없이 청국은 세 지역의 독립을 받아들여야 했다.

각 지역은 준비 기간을 거쳐 1902년에 독립하기로 했다. 그리고 독립하는 각국을 영국과 러시아, 대한제국이 보호해주기로 결정했다.

이 결정에 프랑스가 강력 반발했다.

프랑스의 폴 보 대표가 거칠게 항의했다.

"왜 삼국만 독립국을 보호합니까? 우리 프랑스도 충분하고 당당한 자격이 있으니 우리에게도 기회를 주십시오."

영국 대표 어니스트 M. 사토우가 설명했다.

"티베트는 오래전부터 인도를 비롯한 네팔과 교류가 잦은 지역입니다. 그런 까닭으로 우리 대영제국은 티베트의 수도인 라싸를 비롯한 여러 지역에 진출해 있지요."

이어서 다른 사정도 설명했다.

"신강 지역은 중앙아시아의 투르키스탄과 같은 권역으로 러시아와 접해 있습니다. 그리고 몽골 초원은 한국의 영토인 내몽골과 접해 있어서 도움을 받기에 편한 위치입니다."

한국 대표가 나섰다.

"몽골은 본국과 역사적으로도 동류인 지역입니다. 현지 주민도 본국의 주류인 한민족과 같은 계열이지요."

프랑스 대표가 대한제국을 저격했다.

"그런 것은 중요하지 않습니다. 이번 전쟁은 유럽인들이 의화단에 피해를 입은 것이 발단이 되었습니다. 그래서 서양 각국이 연합했고요. 그런데 지역이 가깝다는 이유만으로 몽골을 한국의 보호국으로 넘겨줄 수는 없습니다."

수석대표인 스페인 대표가 나섰다.

"프랑스 대표의 주장은 너무 일방적이어서 받아들이기 어렵습니다. 프랑스의 주장대로라면 우리 스페인이나 독일도 똑같은 권리가 있다고 봐야 하지 않겠습니까? 아니, 가장 피해가 큰 독일에 더 많은 권리가 있겠네요."

그 말에 프랑스 대표가 반박을 못 했다.

"……."

스페인 대표가 말을 이었다.

"한국은 이번 전쟁에서 가장 많은 병력을 출병시켰습니다. 그 바람에 청국은 많은 병력을 거기에 맞서 배치해야 했고요. 덕분에 우리 연합군은 비교적 손쉽게 의화단과 청군을 물리치고 북경을 장악할 수 있었습니다."

프랑스 대표가 다시 반발했다.

"한국이 없었더라도 우리는 충분이 북경을 장악할 수 있었습니다."

그러자 대한제국 대표가 강력하게 반발했다.

"말씀을 삼가세요. 프랑스군은 겨우 3,000의 병력만 출정시켰을 뿐입니다. 프랑스 대표의 발언대로라면 그 정도 병력은 없어도 충분히 북경을 함락할 수 있었습니다."

쾅!

프랑스 대표가 탁자를 치며 일어섰다.

"지금 뭐라고 했습니까? 우리 병력은 없어도 되었다고요?"

대한제국 대표가 맞받아쳤다.

"그렇지 않습니까? 3만 대군도 필요 없다는 논리라면 겨우 3,000의 병력이 무슨 필요가 있겠습니까?"

프랑스 대표가 코웃음을 쳤다.

"흥! 우리 병력은 전부가 외인부대였소이다. 최강의 전투력을 자랑하는 외인부대 3,000이라면 일반 병력 3만은 일거에 쓸어버릴 수 있습니다."

쾅!

대한제국 대표가 벌떡 일어났다.

"프랑스 대표는 방금 발언을 당장 취소하시오. 그러지 않으면 우리 대한제국에 대한 명백한 도발로 인정할 것이오."

프랑스 대표는 내심 움찔했다. 그러나 보호국을 하나도 받지 못했다는 분노가 그를 사로잡았다.

"내가 틀린 말을 한 것도 아닌데 발언을 취소할 수는 없소이다."

대한제국 대표가 선포했다.

"우리 대한제국은 프랑스가 공식사과 하지 않으면 이 치욕을 반드시 되갚을 것이오. 이 시간 이후로 프랑스와는 어떠한 타협도 하지 않겠소."

대한제국 대표가 자리를 박차고 나왔다. 그러고는 상황을 본국에 그대로 보고했다.

외무대신은 즉각 대진을 청사로 불렀다.

"······이렇게 되었다고 합니다."

대진은 이상하다는 생각이 들었다.

"이상하군요. 아무리 프랑스가 결과에 불만이 있다곤 해도 공식 석상입니다. 그런 자리에서 어떻게 이런 식으로 우리를 몰아붙일 수가 있지요?"

외무대신도 동조했다.

"그게 저도 의문이었습니다."

이러던 외무대신이 팔걸이를 쳤다.

"아! 혹시 프랑스 신부들에 대한 본국의 추방 조치에 불만을 품고 이러는 거 아닐까요?"

대진도 적극 동조했다.

"그럴 수도 있겠네요. 지금까지 개항된 나라에서 프랑스 신부가 추방된 적은 없었으니까요."

대한제국은 전면 개항 이후 종교의자유를 선포했다. 그러고는 혹세무민하는 사교(邪敎)를 제외하면 포교를 기본적으로 허용했다.

개항 이후 다양한 종교가 들어왔다. 그렇게 들어온 종교는 선교사들의 헌신과 노력에 힘입어 교세를 확장해 나갔다.

그런데 일부 선교사들이 문제였다.

이들은 다른 종교를 아예 인정하지 않으려 했다. 특히 토속신앙에 대해서는 철저하게 배격하려고 했다.

그 바람에 종종 문제가 되었다.

심지어 폭력 사태가 발생하기도 했다. 대한제국은 이런 상황을 절대 좌시하지 않았다. 그래서 문제가 발생하면 철저하게 조사해 잘못이 선교사에게 있는 경우 예외 없이 추방했다.

추방되는 선교사는 해마다 발생했다.

그런데 오비이락처럼 그렇게 추방되는 선교사의 대부분이

프랑스 출신이었다. 추방된 프랑스 선교사들은 천진이나 상
해영사관에 고발했다.

프랑스는 이런 문제가 발생할 때마다 대한제국에 항의했
다. 그러나 대한제국은 법원 판결로 추방한 선교사의 입국은
철저하게 불허했다.

그래서 이 문제로 양국은 늘 불편했다.

외무대신이 설명했다.

"프랑스는 우리가 청국과 일본처럼 조계와 치외법권을 인
정하지 않은 것에 불만이 많습니다. 그래서 선교사가 추방될
때마다 찾아와 불만을 토로하고는 하지요. 아마도 북경에서
의 일도 그 연장선상이라고 할 수 있습니다."

대진의 표정이 심각해졌다.

"프랑스가 이전에 있었던 해전의 패배를 아직도 잊지 않았
을 가능성도 있습니다. 그러지 않고서야 이런 식으로 대응할
리가 없지요."

외무대신이 깜짝 놀랐다.

"이미 20년도 넘은 전쟁의 패배를 잊지 않았다니요. 그러
면 프랑스가 전쟁도 불사하려는 의지가 있다는 말씀입니까?"

대진이 고개를 저었다.

"속단할 수는 없습니다. 하지만 프랑스 대표가 이렇게 나
온 이상 제대로 살펴볼 필요가 있겠네요."

"알겠습니다. 국방대신에게 연락해 인도차이나와 퐁디셰

리의 상황을 긴급 점검해 보겠습니다."

대한제국은 발 빠르게 움직였다.

외부부의 요청을 받은 국방부는 거문도에 정박해 있던 백령도를 긴급출동시켰다. 그렇게 남진한 백령도는 남중국 해역에서 V-22를 띄웠다.

V-22는 코친차이나의 거점 항구인 붕타우를 샅샅이 정찰했다. 그렇게 촬영된 동영상을 넘겨받은 국방부는 급히 내각회의를 요청했다.

내각회의에 참석한 대신들은 동영상의 내용을 보고는 하나같이 놀랐다. 동영상에 1만 톤이 넘는 전함 4척을 비롯한 20여 척의 함정이 빼곡하게 정박해 있는 모습이 촬영된 것이었다.

국방대신 지광천이 사과했다.

"죄송합니다. 상황이 이렇게까지 흘러가고 있을 줄 몰랐습니다."

장병익이 위로했다.

"아니야. 프랑스가 이런 식으로 은밀한 공작을 꾸미고 있을 거라고는 나도 예상 못 했어."

내무대신 박정양도 동조했다.

"맞는 말씀입니다. 프랑스와 우리는 나름대로 긴밀한 관계를 맺어 왔고요. 그런 관계를 깨트리고 뒤통수를 치려는 것은 저들입니다."

대진이 나섰다.

"지난 3월 파리에 갔을 때도 조금도 이상한 낌새를 눈치채지 못했습니다. 알퐁스 로스차일드 가주도 어떠한 언질도 주지 않았고요."

장병익이 질문했다.

"그런데 왜 프랑스가 이렇게 나오는 것일까?"

대진이 예상했다.

"아마도 프랑스는 우리나라의 급격한 발전이 탐탁지 않은 것 같습니다. 특히 지난해 스페인으로부터 괌과 마리아나 등을 매입한 것도 저들을 상당히 자극했을 것이고요."

외무대신이 적극 동조했다.

"옳은 지적입니다. 프랑스는 남태평양군도에 대해 상당한 애착을 갖고 있습니다. 그런 상황에서 우리의 진출은 크나큰 위협으로 느껴졌을 것입니다."

국방대신도 동조했다.

"전략 요충지인 괌을 우리가 장악한 것이 상당한 부담이 되었을 가능성이 높습니다. 프랑스가 전함 4척을 비롯한 대규모 함대를 붕타우에 가져다 놓은 이상 일전을 각오해야 할 것 같습니다."

그때 대신 한 명이 이의를 제기했다.

"프랑스가 전함을 가져왔다고 해서 그게 꼭 우리와의 일전을 위해서라는 법이 없지 않습니까?"

국방대신이 대답했다.

"아니라면 더없이 좋겠지요. 하지만 무려 12,000급 전함이 4척입니다. 다른 함정도 수천 톤이 수두룩하고요. 이 정도의 함대를 은밀히 기동해서 무엇을 노리겠습니까?"

대진이 딱 잘랐다.

"그 정도의 대규모 함대로 공략할 나라는 우리나라 이외에는 없습니다."

이 말에 모두들 고개를 끄덕였다.

장병익이 지시했다.

"곧 파리 만국박람회와 올림픽이 끝납니다. 프랑스가 도발한다면 그 이후일 것이 분명합니다."

모두가 적극 동감을 표시했다.

장병익의 지시가 이어졌다.

"지금부터 전군에 일급 비상령을 하달합니다. 국방부는 여기에 맞춰 병력 배치를 최대한 서둘러 주기를 바랍니다. 특히 수군 함대의 편성에 각별히 신경 쓰기 바랍니다."

"알겠습니다. 합동참모본부와 전군에 지시해 적극 대처하겠습니다."

대진의 예상은 정확했다.

프랑스는 베르사유 혁명에 성공하면서 최고라는 자부심으로 가득한 나라다. 이런 자부심은 종종 다른 인종에 대한 극한 차별로 나타나기도 했다.

그런 프랑스는 동양 국가인 대한제국에 패배한 사실을 치욕으로 생각하고 있었다. 그래서 절치부심하며 복수할 기회를 엿보고 있었다.

프랑스는 만일에 대비해 붕타우에 늘 상당한 전력을 배치해 놓고 있었다. 그러던 차에 괌과 해양영토가 대한제국으로 넘어간 사건이 터졌다.

프랑스에는 설상가상이었다.

프랑스는 남태평양 일대에 상당한 공을 들이고 있었다. 이런 프랑스에 있어 대한제국의 진출은 심각한 위협으로 다가왔다.

그렇다고 정식으로 매입한 영토를 놓고 항변할 수도 없었다. 그렇게 속을 끓이던 차에 의화단사건이 터진 것이다.

프랑스는 이를 호기로 판단했다.

알제리에 주둔해 있는 외인부대를 급파했다. 그러면서 수송 함대도 함께 보냈으며 뒤이어 각종 전함과 함정도 대거 붕타우로 배치했다.

그러고는 기회를 엿보고 있었는데 보호국 문제가 터진 것이다. 프랑스는 강력하게 항의하며 대한제국을 물고 늘어졌다.

대한제국도 당하고 있지 않았다.

대한제국 대표는 프랑스 대표의 억지 주장을 강하게 맞받아쳤다. 이런 일이 몇 차례 연출되면서 각국 대표들도 상황이 이상하게 흘러간다는 것을 감지하게 되었다.

그러던 1901년 1월 말.

프랑스 대표가 폭탄발언을 했다.

"한국은 몽골에 대한 보호국 지위를 당장 철회하시오. 만일 본 대표의 요청을 받아들이지 않는다면 본국의 주권을 침해한 것으로 간주해서 전쟁도 불사하겠소."

대한제국 대표도 강하게 나섰다.

"참으로 어이없는 말을 하시네요. 우리 대한제국은 그럴 생각이 조금도 없소이다."

"그렇다면 우리와 전쟁을 하겠다는 거요?"

대한제국 대표는 조금도 물러서지 않았다.

"못할 것도 없지요. 가만 보니 프랑스 대표께서 자꾸 꼬투리를 잡으시려는 것 같은데, 어디 해볼 터이면 해보시오."

프랑스 대표가 벌떡 일어났다.

"그 말, 책임질 수 있습니까?"

대한제국 대표도 일어났다.

"물론이지요. 책임집니다."

프랑스 대표는 대한제국 대표를 노려봤다. 그러더니 또박또박 선언하듯 말했다.

"좋소이다. 이 시간부로 우리 프랑스와 귀국은 전쟁이오."

대한제국 대표가 즉각 응했다.

"그렇게 하시오."

스페인 대표가 급히 일어났다.

"왜 이럽니까? 진정들 하세요. 우리는 청국을 굴복시키려고 모인 것이지 우리끼리 싸우려고 모인 것이 아닙니다."

대한제국 대표가 프랑스 대표를 노려봤다.

"여러분께서는 프랑스 대표가 그동안 얼마나 억지를 부렸는지 알고 있을 겁니다. 저는 대한제국의 대표로서 프랑스 대표의 무례함을 더 이상 받아 줄 수가 없습니다."

프랑스 대표도 맞받아쳤다.

"누가 할 소리를 누가 하는지 모르겠군요. 이번 전쟁은 귀국이 본국의 제안을 받아들이지 않았기 때문에 일어나게 되었습니다. 그러니 앞으로 일어난 모든 일은 전적으로 귀국의 책임임을 분명히 밝히는 바입니다."

대한제국 대표가 그대로 응수했다.

"예, 책임지지요. 그러니 어디, 하고 싶은 마음대로 해 보시오."

양국 대표는 서로를 노려보며 이를 갈았다. 이때 영국 대표가 급히 나서서는 의외의 발언을 했다.

"어떠한 일이 있더라고 북경 일대에서 연합군이 싸우면 안 됩니다. 그러니 청국과의 협상이 끝날 때까지 북경과 천진 일대를 연합국만의 중립지역으로 선포합시다."

모든 대표들이 다투어 동조했다.

분위기가 이렇게 돌아가니 프랑스 대표도 이를 수용하지 않을 수 없었다. 대한제국 대표는 당연히 이 제안에 전적으로 동조했다.

스페인 대표가 휴회를 선언했다.

"갑작스럽게 우리 내부에서 이런 문제가 발생할 줄은 몰랐습니다. 그래서 당분간 청국과의 협상을 중단해야 할 것 같으니 이 점 양해 바랍니다."

연합국 회의는 이렇게 끝났다.

대한제국 대표는 회의장을 빠져나오자마자 공사관으로 돌아갔다. 그러고는 본국에 회의에서 일어난 상황을 보고했다.

대한제국은 이미 한 달 전부터 전쟁 준비에 들어가 있었다. 그래서 프랑스가 선전포고를 했다는 보고에 즉각 전시체제에 돌입했다.

대진이 영국공사를 찾아갔다.

"프랑스가 기어코 일을 만들었네요."

존 조던도 북경의 상황을 알고 있었다.

"그렇지 않아도 북경에서 그에 대한 전문이 날아왔더군요."

"안타깝게도 프랑스와 전쟁을 해야 할 상황까지 가 버렸습니다."

그런데 존 조던 공사가 싱긋이 웃었다.

"전쟁은 귀국이 바라던 상황 아닙니까?"

대진이 펄쩍 뛰었다.

"별말씀을 다 하십니다. 바라던 상황이라니요? 세상에 전쟁을 좋아서 하는 나라가 어디 있다고 그런 말씀을 하십니까?"

머쓱해진 존 조던이 사과했다.

"그나저나 미안하게 되었습니다. 우리 영국이 청국의 영토에 욕심을 내지 않으면 프랑스도 그렇게 할 줄 알았습니다. 그런데 귀국을 꼭 집어서 문제를 삼을 줄은 생각지도 못했습니다."

대진도 아쉬워했다.

"우리도 프랑스가 이렇게까지 나올 줄은 몰랐습니다."

존 조던의 목소리가 낮아졌다.

"그런데 프랑스가 봉타우에 대규모 함대를 집결하고 있다고 하던데, 이에 대해 아십니까?"

대진이 일부러 놀란 척했다.

"아! 그렇습니까?"

"예, 우리 영국이 파악한 바에 따르면 프랑스는 몇 개월 전부터 전쟁을 준비해 온 것 같습니다. 우리보다 해군력이 약하지만 프랑스는 결코 만만한 상대가 아닙니다. 그러니 철저하게 대비해야 할 것입니다."

대진은 입맛이 썼다.

존 조던의 말에 따르면 영국은 이미 프랑스의 움직임을 파악하고 있었던 것이다. 그럼에도 귀띔을 해 주지 않았다는 사실은 영국도 대한제국의 급속한 발전이 부담스럽다는 의미나 다름없었다.

대한제국이 발전하기 전까지 세계는 유럽 중심으로 돌아

갔다. 그러다 대한제국이 급격히 성장하면서 그런 기준이 흔들리고 있는 것이 영국에도 결코 좋지 않은 것이 사실이다.

그러나 대진은 모른 척했다.

"걱정하지 마십시오. 우리 대한제국은 언제나 유비무환의 태세로 국가 방어에 임해 왔습니다."

"귀국은 대형 전함이 거의 없는 것으로 압니다. 그에 비해 프랑스는 12,000톤급 전함이 무려 4척이나 됩니다. 7,000톤급도 5척이나 되고요. 그런 프랑스 함대와의 해전이 부담스럽지 않겠습니까?"

존 조던이 또다시 슬쩍 대진을 떠봤다. 대진은 그런 존 조던의 발언을 유연하게 넘겼다.

"길고 짧은 것은 대봐야겠지요. 덩치가 크다고 싸움까지도 잘하는 것은 아니지요. 우리 대한제국은 나름대로 군사력을 착실히 배양해 왔습니다."

존 조던이 고개를 저었다.

"결코 쉽지 않을 겁니다. 해전에서 대형 전함은 동급 전함이 아니면 대적하기 어렵습니다."

"걱정해 주셔서 감사합니다. 그보다 전쟁 이후의 일을 생각해 봐야 하지 않겠습니까?"

"무엇을 말씀입니까?"

"패전했을 때의 상황 말입니다."

"프랑스가 식민지로 만들 거라는 판단입니까?"

대진이 어깨를 으쓱했다.

"뭐! 그럴 수도 있겠지요. 저는 그보다 프랑스가 패전했을 때의 일을 말씀드리는 겁니다."

존 조던이 움찔했다.

자신이 분명히 경고를 했음에도 대진은 너무도 자연스럽게 승리를 확신하고 있었다.

"……귀국의 승리를 확신하는 겁니까?"

"하하하! 그런 속단을 할 수는 없지요. 저는 단지 경우의 수를 말씀드리는 겁니다. 우리가 패전하면 모든 오욕은 감수할 것입니다. 그 대신 프랑스가 패전하면 우리는 프랑스를 청국과의 협상이나 이권 확보에서 완전히 배제하려고 합니다. 그런 우리의 생각을 영국이 지지해 주었으면 합니다."

영국으로서도 나쁘지 않은 일이다.

존 조던이 즉석에서 동의했다.

"인정합니다. 그 정도의 페널티는 프랑스도 감수해야지요."

"아울러 프랑스가 차지하고 있는 남태평양의 섬들도 일부 넘겨받으려고 합니다. 이 점도 귀국이 양해를 해 주시기 바랍니다."

"알겠습니다."

한동안 밀담을 이어졌다. 그러고는 두 사람은 기분 좋게 웃으며 악수하고서 헤어졌다.

프랑스는 기민하게 움직였다.

프랑스는 이십수 년 전 패전 원인을 경계의 실패로 규정지었었다. 그래서 원정함대가 입항하자 붕타우 해역 일대에 초계함을 대거 배치했다.

극동원정함대로 명칭이 정해진 함대는 모두 20척이다. 이 함대는 처음부터 출동 준비를 마치고 대기 상태로 정박해 있었다.

동행하게 될 상륙부대는 붕타우 주변에 대기하고 있다가 병력을 집결시켰다. 이 병력은 코친차이나해군사단으로 도착하는 순서대로 승선시켰다.

덕분에 보름 만에 출정 준비가 끝났다.

2월 중순.

붕타우 주변을 초계하던 함정의 숫자가 갑자기 늘어났다. 초계함정이 많아지면서 대한제국 잠수함들의 활동도 제약을 받게 되었다.

이를 만회하기 위해 대한제국은 수시로 V-22를 띄워 항공정찰을 했다. 그러던 어느 날, V-22의 촬영 렌즈에 수상한 장면이 포착되었다.

그동안 잠잠하던 프랑스 함대의 연돌에서 검은 연기가 솟구친 것이었다. 그러한 연기는 거의 동시에 각 함정에서 뿜어지면서 붕타우 하늘을 수놓았다.

V-22는 즉각 백령도로 교신했다.

-프랑스 함대가 기동하려 한다. 프랑스 함대의 모든 함정에서 연기가 솟구쳤다.

교신을 받은 백령도는 대기하고 있던 모든 함정으로 상황을 알렸다.

"전투준비! 프랑스 함대가 둥지에서 나오려고 한다!"

대한제국은 프랑스 함대에 맞서 2단계 대응 태세를 구축해 놓고 있었다. 1단계는 대한제국이 건조한 철선 7,000톤급 3척과 5,000톤급 3척, 3,000톤급 함정 3척을 주축으로 한 장보고함대다.

장보고함대는 이번 해전을 대비해 특별 편성한 함대로 부속함을 포함한 12척이었다.

2단계는 백령도를 중심으로 한 제7기동함대로, 이번 해전에 대비해 모든 함정이 배치되어 있었다.

프랑스 함대의 위용도 대단했다.

기함은 지중해 함대 소속이었던 12,000톤급 샤를마뉴 전함으로 305㎜ 주포가 장착되었다. 이어서 동급의 갈루아, 마세나, 세인트루이스 등 총 4척이 참전했다.

이 전함들은 전부가 18노트의 속도를 낼 수 있을 정도의 최신형이었다. 이어서 7,000톤급과 5,000톤급 함정도 거의 신형 함정들로 구성되어 있었다.

장보고함대 기함은 백두산이다.

대한제국은 7,000톤급 함정을 산 이름으로 명명했다. 백두산은 그런 함정의 1번함이다. 백두산의 함장은 이태선 대령으로 마군 출신이다.

이태선이 지휘하는 백두산에는 대한제국이 개발한 최신 무기가 장착되어 있었다. 그 무기는 레이더와 미사일와 유도어뢰로 장보고함대의 주력 함정 9척에 전부 장착되어 있었다.

아쉬운 점은 레이더와 미사일이 개발된 지 1년 남짓이었다. 그래서 아직은 피아식별을 할 수 없었으나 이런 레이더도 이 시대의 최강이었다.

그리고 장보고함대에는 비밀 병기로 1척의 잠수함이 배정되어 있었다. 그래서 누구도 패전을 생각하지 않고 있었다.

이태선이 함대사령관에게 보고했다.

"제독님, 프랑스 함대가 둥지를 나온다는 백령도로부터의 전언입니다."

장보고함대사령관은 남종우이다.

그가 지시했다.

"프랑스원정함대가 시사군도(西沙群島)를 지날 때까지 기다린다. 함장은 각 함에 이 지시 사항을 전달하라."

"예, 알겠습니다."

붕타우를 빠져나온 프랑스 극동원정함대는 유유해 북상했다. 그런 프랑스 함대는 이전과 완전히 달라진 점이 있었다.

프랑스 함대는 초계함을 먼저 내보내서는 거기서 보내오

는 신호를 받아 가며 항해했다. 그로 인해 항해 속도는 느려졌으나 나름대로 안전하게 항해했다.

밤도 완전히 달라졌다.

이전과 달리 극동원전함대는 철저하게 등화관제를 실시했다. 그 바람에 경계하고 있던 잠함 신채호와 무인기가 혼란을 느낄 정도였다.

그렇게 만반의 경계를 하는 바람에 시사군도를 지나는 데이틀의 시간이 흘렀다.

그리고 사흘째 되는 날.

오후가 되자 프랑스 함대가 남중국해의 가장 넓은 해역으로 진입했다.

남종우의 지시가 떨어졌다. 남종우가 직접 마이크를 들고 지시했다.

"함대사령관이다. 우리는 내일 여명과 함께 공격을 시작한다. 그러니 각 함은 거기에 맞춰 전투를 준비하라!"

이날 저녁.

프랑스 함대는 해가 떨어지자 운항을 중지했다. 그러고는 다른 날처럼 철저하게 등화관제를 실시하고는 밤을 보냈다.

잠함 신채호의 함장 조성기는 해가 지자 수면 가까이 부상했다. 그러고는 잠망경을 올려서 프랑스 함대를 관측했다.

"역시 오늘도 등화관제를 철저히 하게 되었네. 잠망경으로는 적 함대의 동체가 잘 보이지 않아."

부장이 옆에서 한마디 했다.

"등화관제가 무슨 소용 있습니까. 우리 레이더에는 고스란히 드러나는데요."

"하하하! 맞아. 우리에게 등화관제는 아무 의미가 없지."

조성기가 지시했다.

"공격이 여명이니 그동안 승조원들을 교대로 취침시키도록 해."

"함장님께서도 먼저 휴식하시지요."

"아니야. 부장이 먼저 쉬도록 해."

"그렇게 하겠습니다."

그렇게 시간이 흘렀다.

잠깐 눈을 붙였던 조성기가 몇 시간 전부터 망원경을 잡고 있었다. 그런 조성기의 옆으로 부장이 다가왔다.

"함장님, 기함으로부터의 전언입니다. 지금부터 정확히 30분 후 공격을 시작한다고 합니다. 공격은 식별번호 1번에 우리가 먼저 어뢰를 발사하는 것으로 시작됩니다."

이미 계획된 작전이었다.

조성기가 시계를 흘낏 보고서 지시했다.

"부장은 어뢰와 발사관 상황을 한 번 더 점검하도록 해."

"예, 알겠습니다."

그리고 30분 후.

기함으로부터 명령이 떨어졌다.

"잠함 신채호! 공격을 시작하라."

조성기가 지시했다.

"어뢰 1발 장전! 1호관 개방! 발사."

순간 잠함 신채호에서 어뢰가 쏘아졌다. 쏘아진 어뢰는 거친 포말을 뿌리며 무섭게 돌진했다.

남중국해전의 시작이었다.

다음 권으로 이어집니다

꿈의 도약, 로크에서 하십시오
(주)로크미디어에서 신인 작가를 모십니다

즐거운 세상, 로크미디어는 꿈을 사랑하고 도전을 두려워하지 않는 작가 분들의 참신한 작품을 기다리고 있습니다. 21세기 장르 문학계를 이끌어 갈 차세대 선두 주자 (주)로크미디어에서 여러분의 나래를 활짝 펴 보시길 바랍니다.

모집 분야 판타지와 무협을 포함한 장르 문학
모집 대상 아마추어 작가, 인터넷 작가
모집 기한 수시 모집

작품 접수 시 유의 사항

1. 파일명은 작가명_작품명.hwp형식을 갖춰 주십시오.
1. 파일에 들어갈 내용은 다음과 같습니다.
    – 성명(필명인 경우 실명을 밝혀 주세요), 연락처, 이메일 주소
    – 제목, 기획 의도
    – A4용지 1장 분량의 등장인물 소개
    – A4용지 2장 분량의 전체 줄거리
    – 본문
1. 작품이 인터넷에 연재되고 있다면, 게시판명과 사이트의 구체적이고 정확한 주소를 기재해 주십시오.

선택된 작품은 정식 계약 후 출판물로 간행되어 전국 서점에 유통됩니다.
작가 분은 (주)로크미디어의 전폭적인 지원하에 전속 작가로 활동하시게 됩니다.
※ 자세한 내용은 로크미디어 홈페이지(rokmedia.com)를 참조하세요.

(04167)서울시 마포구 마포대로 45 일진빌딩 6층
(주)로크미디어 편집부 신간 기획 담당자 앞
전화 : 02) 3273-5135
www.rokmedia.com   이메일 : rokmedia@empas.com

찬돌 퓨전 장편소설

솟아오르라 대한제국

천명

天命

대변혁의 역사가 시작된다!
'홍경래의 난'을 '김유혁의 난'으로 기억되게 할
25세기 남자, 조선 말기에 상륙!

한국이 일본에 흡수된 시대를 살아가는 남자, 김유혁
냉동 수면됐다가 깨어나 보니
그곳은 한창 민란이 일어나고 있는 조선 말기였다!

인공지능 컴퓨터로 육체를 강화하고 로봇들을 부리며
그가 하는 일은 조선 왕가 납치?
대승상이 된 그가 노리는 것은 세계 역사 뒤집기!

조선 왕조 정복부터 세계 증권가 싹쓸이까지
대한제국 건설을 위해서라면 무엇이든 한다!
거침없이 내달리는 찬돌표 하이브리드 판타지!